KB264714

지독한 그리움이다

강평원 _ 두 번째 시집

도서출판 선영사

작가의 말

Q 장르가 소설이지 않습니까?

A 예, 맞습니다.

Q 그런데 왜! 시를 쓰십니까?

A 그 동안 장편소설 10편(14권)에 소설집 1권과 시집 1권을 비롯하여 14편의 중단편까지 집필해 왔는데, 이젠 이야기할 것이 바닥이 났습니다.

위의 문답은 평소 알고 지내는 문인이 내가 첫 시집을 냈을 때 "당신은 소설가인데 시는 왜 쓰느냐?" 질문에 농담 반 진담 반으로 한 말이다. "당신, 등단을 하고 시를 쓰느냐?" 하는 말뜻도 될 것이다. 하지만 다행히도 첫 번째 시집이 출판된 3일 만에 전자책으로 출판하겠다는 연락을 받고 허락해 주었는데, 종이책과 전자책으로 거의 동시에 출판되기는 처음이라는 출판사 대표의 전화에도 아주 큰 보람을 느끼고 있다. 거기다 나의 시가 대중 가요로 네 곡이 발표되어 노래방기기에 등재되어 약간의 보람도 느끼고 있다.

위의 글은 2005년 《문학예술》(겨울호) 신인상 시(詩) 심사평이다. 심사위원의 말처럼 내가 시에 도전한 이유가 있었다. 14권의 장편소설과 1권의 소설집을 집필 기획 출간을 한 나에게 김해문인협회 회원인 한 여성 시인이 아주 노골적으로 비하하는 발언을 했다. 이유는 2년에 한 번씩 김해시에서 주관하는 문화상에서 선배가 예술 부문에 먼저 응모해야지 시건방지게 후배가 응모를 한다는 것 때문에서다.

나는 시대의 증인이며 양심의 최후 보루인 이 땅의 작가로서 말하는데, 그러한 상의 응모는 대개 담당 공무원이 문인들에게 신청을 하라는 권유에 의해 하였다. 작금의 문학상 수여의 결과를 지켜보면 대다수가 그런저런 이유로 상이 수여되어 문학인의 얼굴에 똥칠을 하고 있다. 선배 문인에게 공로상이면 이해가 가는데, 문학적으론 미미한데도 순번대로 상이 주어지는 것은 대한민국 예술 단체 가운데 문학 단체 말고는 없을 것이다.

그런 모욕적인 발언을 해서 그 자리에서 1년 안에 시(詩)로 등단하여 시집을 내겠다고 하였다.

그간에 출간한 책들로 인해 KBS 〈아침마당〉, MBC초대석, KBS 〈이주향 책 마을 산책〉과 국군의 방송 〈문화가 산책〉 등에 출연하였고, 〈중앙일보〉 특종과 〈조선일보〉 〈동아일보〉 보도와 그 밖의 신문에도 수차례 보도 되었으며, 《월간 중앙》《주간 뉴스매거진》《월간 동서저널》에는 특종과 특집으로 상재되었다. 더욱이 책이 출간되기도 전에 MBC방송국에서 3일간 방송도 하였다. 그뿐만 아니라 여타 라디오 방송에도 수차례 방송인터뷰를 했고, 그간에 책 관련 보도된 신문 기사를 모아둔 것이 200여 장이 된다.

현재 국립중앙도서관에 18권의 책이 들어가 있는데, 이를 테면 《저승공화국TV특파원》(전2권)과 《애기하사 꼬마하사 병영일기》(전2권)를 나에게 원고료를 지불하고 전자책으로 만들어 누구나 다 운반아 볼 수 있게 해 두었으며, 《쌍어속의 가야사》를 전자책으로 만들어(저작권 있음) 도서관에 가서 예약해야 볼 수 있도록 하였다. 또한 국가전자도서관에는 《애기하사 꼬마하사 병영일기》와 《저승공화국 TV특파원》을 '신문학소설 100년 대표 소설'로, 《임나가야》와《저승공화국 TV특파원》과 소설집《신들의 재판》을 '한국교육학술 정보원'에, 역사 소설인《아리랑 시원지를 찾아서》《쌍어속의 가야사》는 '국가지식포털'에,《북파공작원》(전2권)과《저승공화국 TV특파원》(전2권)은 '한국과학기술원'에 데이터베이스로 구축 저장되어 있다. 특히 한국도서관에 문화관광부 선정 우수 도서로 14권이 데이터베이스로 구축되어 있다. 나머지 4권은 내가 입고를 시키지 않았고, 출판사 계약이 만료되지 않는 책들이다.

당시 그녀는 문단 생활이 나보다 10여 년 앞서 있었고 시집을 달랑 한 권을 출간한 사람이 프로 작가인 나에게 비아냥거려 시인으로 등단을 작심하고 월간《예술세계》에 10편을 보내 신인상에 도전했다.

심사를 했던 나호열 주간의 평은 다음에 보자는 것이었다. 내가 생각해도 좋은 시라고 골라서 보냈는데 낭패였다. 그래서 계간《문학예술》에 보내 마침내 신인상에 당선된 뒤 236페이지 분량의 첫 시집을 세상에 내보냈다. 보통 시집의 2권 분량이다. 나는 시집을 냈지만, 내가 지은 시 한 편이 4백40여 행인 줄 까마득히 몰랐다.

하길남 비평가협회 이사는 그 장시 안에 '어머니'란 글귀가 30여 회나 나온다는 평을 썼지만 그것 역시 나는 세어 보지 않았다. 그분들은 읽어보면서 꼼꼼히 세어보았다는 데 나는 놀랐다. 건성건성 심사나 평론을 하지 않았다는 것이다.

시 한 편이 21페이지나 되니 단편소설 한 편 분량이다. 이 시는 '샌프란시스코' 한인 방송에서 낭독 방송되어 교민의 심금을 울렸다는 연락을 받았다. 국내 독자들도 읽으면서 숙연해지기도 하고 또는 눈물을 흘렸다고 연락이 많이 왔다. 어쨌거나 나는 약속을 지켰다.

일부 이러한 사실을 모르는 사람은 소설가가 시를 쓴다고 폄하를 하고 다닌다는 말도 있지만, 엄연히 중앙 문단에 등단하여 시를 쓰고 있다. 한 마디로 말해 동인지나 지역 문단에서 발행하는 저급 문예지에서 자기네끼리 그렇고 그런 사람의 심사에 의해 그렇고 그런 시로 등단을 하여 문인이네 하고 이력서에 등재하는 사람이 아님을 말하는 것이다. 그런 사람이 남의 글을 폄하하고 다니기에 하는 소리다.

등단 후 나는 궁금한 것이 있다. 나를 등단시킨 문효치·이일기·장윤우 시인 등 3명의 시인과 나를 탈락시킨 나호열 시인의 시작(詩作) 능력이다. 어느 장르나 마찬가지이겠지만, 등단을 하고 싶은 신인은 한 곳에 작품을 제출하여 떨어졌다 해서 실망하지 말고 똑같은 작품을 다른 곳에 제출하면 등단이 가능하다. 이유는 나의 등단 결과에서 보듯이 '79편의 응모작 모두가 시인으로서 출범에 별다른 손색이 없고 부족함이 없는 작품'이라고 평했듯, 심사 위원의 각기 심사 기준이 다르기 때문이다.

이번 시집 역시 쉽게 잘 읽힐 것이다. 그러나 평론가나 전문 시작군(詩作群)은 "전반적인 사유나 감수성이 내밀하고 치열한 감각을 동반하고 있다."라고 말하기에는 주저하게 될 것이다. 종종 드러나는 평이한 묘사와 비유에 그치는 진술, 정제되지 않은 채 노출되는 직설 등도 아쉬운 부분일 것이다. 그러한 것을 모르고 시작(詩作)을 하는 작가가 아니다. 초등학교 고학년 수준이면 어느 정도 이해를 할 수 있는 글을 쓰다 보니 어쩔 수 없었다.

첫 번째 시집 출간 후 초등학생들로부터 은유법으로 쓴 글귀 내용의 전화 문의를 많이 받았었다. 나는 평론가나 전문 시작군을 위해 글을 쓰지 않는다. 누가 뭐래도 작가는 독자와의 공감(共感)이 우선이다. 독자들은 선생님의 시가 "잘 읽히는 것은 미덕입니다."라고 했다. 수십 권의 책을 쓴들 독자가 없는데 이 땅의 작가입네 하고 떠벌릴 수 있겠는가?

내가 생각하는 시란 사람과 사람 사이 공감대의 글이라고 생각한다. 시에서 나타난 문맥은 시인의 고백이 아니다. 혹자는 고백과 묘사의 발견이라고 하기도 하지만, 나는 시란 거친 언어를 세상에서 제일 아름다운 언어로 융화시키고 응축시켜 만든다고 생각한다.

누구나 쉽게 접할 수 있어서 읽고 이해를 해야 하는데, 짧게 쓰려는 것 때문에〔은유(隱喩)의 글을 써〕 지금의 신세대에게 외면당하고 있다는 것이다. 비단 신세대 뿐만 아니라 기성 세대도 어려워하는 한문 문체나 문맥을 한글 해석을 넣지 않아 지금의 한글 세대에겐 무슨 뜻인지 몰라 "짧으면 시냐? 시집은 시인들만의 책이다."라며 구독을 하지 않는다는 것이다. 그렇지 않아도 소수 문학인데 아예 책이 팔리지 않아서 기획 출판이 어렵다고 하였다. 아름다운 말들을 지나치게 응축시키려다 보니 그렇다.

시는 한마디로 사무사(思無邪)라는 공자의 말처럼, 맑고 투명한 시인의 생각과 느낌을 표현한 것이 아닌가! 그런데 시는 다른 한편으론 매우 함축적이고(!) 상징적이며, 때로는 모호하기도 하다. 무슨 설명문처럼 한번 읽으면 이해가 되어야 하는데, 요즘의 독자들은 두 번 세 번 반복해 읽어도 도무지 이해가 되지 않는다고 한다. 나에게도 매년 수권의 시집이 온다. 읽어보면 대다수가 위에서 지적한 대로다. 읽어보면 글을 쓰는 나도 무슨 뜻인지를 몰라 고개가 수없이 갸웃거려진다.

그래서인가, 요즘 직설로 쓰는 시인들이 더러는 있다고 했다. 그러한 시집은 팔려서 기획 출간이 이루어진다고 했다. "짧으면 시냐?" 라는 어느 선배 소설가의 비아냥거림이 머릿속에 각인되어 시를 쓰기가 솔직히 말해 두렵다. 해서 조금이라도 독자와 공감되는 글을 쓰려고 노력하고 있다.

그 동안 여러 곳에서 출간을 했는데 출판사 측에서는 팔리는 책을 집필해 달라고 했다. 잘 팔리지도 않을 책을 무엇하려 그 고통을 감내하며 집필, 자비 출간하여 사장시키는지 모르겠다는 것이다. 그러니까 독자가 없는 책은 책이 아니라는 뜻이다. 소설을 제외한 모든 책(시조·시·동시·수필 등)들은 98퍼센트가 자비 출판이라고 한다.

이러한 책들은 서점 가판대에 2퍼센트도 진열이 안 된다는 것이다. 소설과 동화책은 그런 대로 팔린다고 한다. 작품성이 없는 책은 출판되어 서점 가판대에 올려보지도 못하고 파지 장으로 가는 것이 절반이며, 1주일을 못 견디고 재고 처리되는 것이 50퍼센트라고 한다. 1주일이 지나도 책 한 권도 안 팔린다는 것이다. 자비 출판이란, 출판사에서는 저자가 제작비를 주니까 손해 볼 것이 없어 출판을 해 주는 것이다. 그러한 자비로 출간된 책들이 문학상을 받아 문단이 발칵 뒤집어지기도 했다.

선거철만 쏟아져 나오는 검증 안 된 자서전과 유치원생 그림일기도 돈을 주면 출판해 준다. 그런 류의 책을 책이라 할 수 있겠는가? 출판사에서 기획 출판을 해 주는 것은 그런 대로 팔려 이익이 있기 때문이다. 아무리 유명한 평론가나 비평가가 완성도 높은 책이라고 서평을 하거나 추천사(보증서)를 써주거나, 또는 각종 문화 예술 단체에서 지원금을 받고 출간한 책이라도 기획출판을 안 해 주는 것은 출판사 편집 주간과 대표가 평론가나 비평가보다 훨씬 위라는 것이다. 출판사 대표는 사업가다. 책을 출판하여 잘 팔려야만 이익을 볼 수 있다. 자기가 망할 일은 안 한다는 것이다. 따라서 많이 팔린다는 것은 어떤 면으로든 좋은 일이고, 그것이 작가의 역량을 얘기하는 것이며, 작품의 완성도가 매우 높다는 뜻이다. 하지만 판매 부수와 작품의 평가가 별개일 수는 있다.

상업성 통속성은 경계해야 되겠지만 어느 누가 뭐래도 작가는 대중성에 대해 존중을 해야 될 것이다. 어쨌든 잘 안 팔린다는 것이 어떤 명분으로든 장점이 될 수는 없으며, 작품성이라든지 예술성 때문에 대중성을 확보할 수 없다는 논리는 세울 수가 없다. 혹시 순수 작가와 대중 작가라는 구분이 허용된다면 순수 작가는 대중 작가의 독자 사회학을 필히 탐구해야 하며, 자신의 작품이 팔리지 않는 것이 순수성이나 작품성 때문이라는 어리석은 착각은 떨쳐 버려야 한다.

현재는 우리 모두 피부로 느끼다시피 매우 어려운 시기이다. 작가는 글만 써야 하는데, 소설가조차 글만 써서 도저히 먹고 살 수 없는 세상이 되어 가고 있다. 원로를 비롯하여 중견 신인 구별 없이 어렵다. 그러나 열악한 환경과 황당한 경험에서 위대한 작가와 명작이 태어난 예는 수없이 많다.

프랑스 여류 작가 사강은 1952년 소르본 대학 입학 시험에 떨어지면서 세계적 베스트 셀러가 된《슬픔이여 안녕》을 쓰기 시작했고, 밀턴의《실락원》은 첫 출판에서 40부밖에 팔리지 않았다고 한다. 500여 권의 탐정 소설을 쓴 존 그레시는 7백 번 이상 출판을 거절당한 아픔을 경험했고,《죄와 벌》의 작가 도스토예프스키는 빚을 갚기 위해 소설을 썼다. 또《갈매기의 꿈》과《러브 스토리》《밝고 아름다운 것들》등도 모두가 12번 이상 출판을 거절당했고, 미국의 위대한 시인 중 하나인 에밀리 디킨스의 시는 생전에 단 7편만이 발표되었으며, 〈대표 시—가을날〉의 독일의 릴케, 〈대표 시—해변의 묘지〉의 프랑스 발레리 등 두 시인의 시집은 500부 이상 팔린 적이 없고, 라이너 마리아 릴케는 인세를 받아본 적이 거의 없었다고 한다. 그렇지만 그들의 책들이 지금에 와서 베스트 셀러가 되어 있다. 그렇다 해서 모든 작품이 언젠가는 빛을 본다는 말이 아니다. 문학의 기본에 충실했을 때만 그것을 기대할 수 있다는 것이다.

문학의 기본에 충실했던 한 작가의 예를 들자면, 20세기 대표적 문호인 헤밍웨이는 유난히 스페인을 사랑했다. 그의 스페인 사랑은 32세 때 스페인을 여행한 뒤, 투우에 심취하여《오후의 죽음》을 발표하면서 부터다. 그 스페인에 파시스트 반란이 일어나자 4만 달러의 거금을 선뜻 보냈는가 하면, 나나통신의 특파원으로 직접 건너가 내란의 진실을 전 세계에 알리기도 했다. 그러나 내란은 그의 기대를 저버리고 프랑코 쪽의 승리로 끝났다. 그는 쿠바의 아바나에 머무르며《누구를 위하여 종을 울리나》를 써 내란에 희생된 영령들 앞에 바친 것이다. 그리고 계속 쿠바에 머무르며 10년 동안 침묵을 지킨다. 그 10년 침묵의 이야기를 《노인과 바다》로 입을 연 것이다.

《노인과 바다》의 심연에는 스페인을 생각하는 마음이 깔려 있다. 이 작품은 그의 문학과 도덕성이 집약된 금자탑이라는 평가를 받았고, 53년 퓰리처상에 이어 54년 노벨문학상을 받았다. 중요한 것은 그가 《노인과 바다》를 쓰는 데는 6개월 걸렸지만, 이후 8개월 동안 200번이나 원고를 수정한 뒤 세상에 발표했다는 사실이다. 그러나 헤밍웨이는 노벨문학상을 받은 뒤 더 잘 써야 한다는 중압감 때문에 단 한 편도 집필을 못 하고 죽었다. 너무 완성도 높은 책도 작가에겐 심적 부담이 큰 것인가!

우리나라에도 다녀간 바 있는 프랑스의 인기 작가 베르나르베르베르는 자신의 출세작 《개미》를 120번이나 고쳐 썼다고 고백한 바 있다. 그래서 최고의 독자는 필자 자신이라는 것이다. 수십에서 수백 번 자신의 원고를 읽고 교정해야 좋은 책이 나오는 것이다.

이와 같은 것을 보더라도 일관된 문학 정신을 성숙시켜 가는 일, 완벽주의는 아니지만 전문가가 보고 탄성을 지를 만한 전문성이 없는 문학은 앞으로 기생할 공간이 없어질 것이다. 문장(文章)도 보다 더 간결하고 군더더기가 없어야 할 것임은 말할 것도 없다. 한국 문단의 현주소에는 아직도 인내와 끈기가 없는, 가볍고 감성적이기만 한 문학이 판을 치고 있다. 현재에 안주할 수 없다면 변화에 적극적이어야 한다. 나 역시 변화에 편승하지 못하고 있는 것이 아닌가! 알고 보면 변화야말로 영원한 것이다.

앞으로 작고한 어느 선배 소설가의 말이 생각이 난다. "글쓰기란 암보다 더 큰 고통이다." 라고 했다. 그의 병상으로 인터뷰하려간 기자가 "그런데 그 고통스런 글을 뭣 하려 쓰느냐?"라는 질문에 "내가 쓴 글이 출간되어 서점 진열대에 수북이 쌓여 있는 모습을 보면 그 동안의 고통은 일순간에 사라지고 가슴 속에서 터져나오는 희열은 겪어보지 못한 사람은 알 수 없다. 그래서 글을 쓴다." 라고 했다. 임산부가 생과 사를 넘는 산고를 이겨내고 출산하여 아기를 첫 대면했을 때의 희열과 같은 것이리라! 대다수 작가는 그와 같은 희열을 느끼기 위해 오늘도 골방에서 피를 찍어서 쓰는 것 같은, 그러한 고통을 감내하며 글을 쓸 것이다!

첫 번째 시집 《잃어버린 첫사랑》에서 4편의 시가 대중 가요로 작곡 발표하면서 CD로 출시되었고, 노래방 기기에도 등재되었다. 어느 중견 시인이 "이때껏 발표된 시 중에 대중 가요로 한 곡만 발표된다면 시를 쓴 최고의 보람으로 생각하겠다." 했는데 이번 시집에도 이미 10편의 시가 대중 가요로 작곡되어 CD로 제작 발표와 8명의 가수들의 의해 김해시 문화의 전당에서 공연을 하였고, 가수들의 개인 음반도 출시했다.

또한 작고한 노무현 전 대통령과 권양숙 영부인의 참석하에 김해 칠암문화센터에서 열린 '가야팝스오케스트라' 정기 공연 중 마지막으로 출연한 가수에 의해 〈김해아리랑 가야쓰리랑〉 노래가 끝나고 사회자가 작사가를 소개하자, 청중들이 자리에서 일어나 나를 바라보고 박수를 쳐주었다. 노무현 전 대통령의 장인인 권오석 씨가 빨치산이 아니라는 것을 추적하여 쓴 다큐 실화소설 《지리산 킬링필드》 저자인 줄 알고 있기에 그랬는지 모르지만, 아무튼 공연 전 책에 관한 자세한 이야기를 나누었다.

이번 시집 계약에서 출판계의 전반적인 어려움에도 초판 3천 부를 찍는다고 계약서에 서명한 도서출판 선영사 김영길 대표의 통 큰 자신감에 나 자신이 놀라움을 금치 못했다.

기분 좋게 3천 부에 대한 선(先)인세도 받았다. 완성도가 높은 소설도 초판을 1~2천 부 정도 찍어서 팔리는 상황에 따라 점차 늘리는 게 출판사들의 관행인데, 시집을 그렇게 많이 찍는 것에 정말로 고맙게 생각한다.

_ 강평원

목차

세상에 태어나 살면서
누군가 열병으로 사랑해 보지 않고
헤어져 보지 않고는
그리움은 절대 모르는 일이다

기다림은 그리움이다

익숙한 설렘임에 찾은 서 낙동강 강변에 앉은 늙은 통나무집
넓은 카페 창가에 앉아 난 그리움을 하염없이 기다립니다
쇠잔해진 햇살이 게으름 피며 강물과 희롱하는 풍경을 보며
"옛 추억을 기억하는 건 지독한 그리움이다"
코끝을 스쳐가는 커피향이 그렇게 말하고 있습니다
이승에 남겨둔 하나뿐인 사랑 그대를 잊지 못하고 있다고

기다림과 그리움은 사랑의 다른 이름입니다
누군들 가슴 속에 아름다운 추억 하나쯤 간직하고 있겠죠
오늘 그대를 만나 그런 추억 하나 만들고 싶습니다
아마 먼~ 훗날 나에겐 또 다른 추억이 될 것입니다

가슴 속 깊은 곳에 자리한 뭔가를 잊어야 할 시간은 다가오는데
갇혀 있던 슬픔이 빗장을 열고 나와 긴 시간을 잠재우고 있습니다
그대를 만날 수 있는 희망은 어디쯤 오고 있습니까?
희망이 앞서가지 않고 뒷걸음치는 것 같아 참 많이 슬픕니다
사랑을 그물코처럼 매듭 지을 수만 있다면 좋겠습니다

— 기다리는 이들이여, 지금 누군가를 사랑하고 있습니까?

누군가를 위해 아름다운 수고로움을 하는 기다림만큼
즐거운 일은 아마도 이 세상엔 없을 것입니다
그대는 오지 않고 받아둔 잔 속 커피는 온기를 다해 가고 있는데
내 마음을 아는지 모르는지 세월의 때가 켜켜이 묻은 음향기에선
아~ 아름다운 음악, 대니 보이 색소폰 소리가 흘러나옵니다

    Oh Danny Boy, the pipes, the pipes are calling
    From glen to glen, and down the mountain side

— 그리운 사람의 발걸음 소리가 문 밖 가까이서
  조급하게 아주 조급하게 들려오고 있다면
  이처럼 애절하고 슬픈 그리움은 없을 것입니다

기다림은 희망 때문이다

사랑하는 그대를 찾아 떠돌이는
한 마리 나비의 실루엣으로
천천히 비상하는 그대의 잔영에
보고 싶어 애달파 하지만
오직 언젠가 재회를 소망하며
마음의 절반을 비워두기로 하였습니다

아름다움으로 살며시 내게로 다가와선
사랑의 향기 남겨두고 기약 없이 떠난 곳엔
날 닮은 갈매기만 부표 위에 앉아 짝을 기다립니다

비릿한 갯냄새를 뒤로 하고 돌아서는데
매혹적인 에메랄드빛의 바다 위에
물살을 가르며 달려오고 있는 작은 배 때문에
나는 돌리던 발길을 멈췄습니다
그러나
내
♡

×

오늘도 어제처럼 떠돌이 바람이 내게 묻습니다

— 내일은 만날 것 같습니까?

그때마다 난 긴 한숨으로 답을 하며
길어지는 그림자와 함께 조용히 노을을 밟습니다

나······. 혼자 어쩌란 말입니까?

이별 후 그대 모습과 그대 그림자마저
안개 속에서 잃어버린 것 같은 마음으로
혼자서 터벅거리며 걸어갈 눈물길인데
나 혼자 어쩌란 말입니까?

지나버린 세월 속에 잊지 못했던 그대가
아직도 나에겐 그리운 얼굴로 남았는데
나 혼자 어쩌란 말입니까?

그대가 새벽녘 은하수 건너는 초승달같이
허허(虛虛)롭게 작아지는 몸짓으로 멀어지는데
나 혼자 어쩌란 말입니까?

세상을 살아가며 수없이 스쳐가는 사람 중에
영원히 잊지 못할 실루엣 모습으로
기억 속에 남아 있을 그리운 얼굴 하나인데
어쩌란 말입니까?
나······.
혼자 어쩌란 말입니까?

인생 1

● ● ●

살다보면 마음을 부려놓고 싶은 생각이 어찌 없으랴
고동치는 심장과 뜨거운 피를 달랠 수가 없는 것은
마음 속에 포기하지 못한 마음을 가지고 있는 것 아닌가

살다보면 넘어야 할 선과 넘지 못할 선들이 있는데
열정으로 살다보니
그 선이 희미해져 그 선을 넘은 적도 있다
우주 속에 찰나 같은 인간의 삶이란
인간사 뜻대로 안 되는 것 살아오면서 알았다

낡은 시간은 버리고 새로운 시간에 머무르면 좋으련만
바쁘다는 시간은 언제나 나를 지나쳐 저만큼 앞서 간다
생의 느낌이 무뎌지면 늙어지는 것도 무뎌지련가
내 마음의 빈 자리엔 무엇이 자리잡고 있을까
물음이 깊어지면 어제처럼 나는 낡은 가방 들고 길을 나선다

진정한 행복이란 물질에 있는 것이 아니라
평범한 삶에 있는 것이 아닌가

살며 노력하면서 만나야 할
가치 있는 사람

여우비 내려 대지 위의 생명들 합창 소리 요란한 한 날
그대를 향한 발걸음은 풋풋한 봄날이었습니다

그러나

노란 레인코트를 입고 비에 흠뻑 젖어 나타난 그대는
삼류 영화 제목처럼 '사랑하지만 헤어지자'는
말도 안 된 말을 하고 눈물 한 방울 흘리지도 않은 채
매정하게 뒤돌아 떠난 뒤 삶은 점점 흐릿해졌습니다

수많은 세월은 흘러도
준비 안 된 그 ☆☆의 슬프고 아픈 기억이
언제나 불에 덴 자국처럼 생을 따라다닙니다

싸늘하게 식은 달이 궁금해 창문을 기웃거리면
내 안에 떠오른 못 잊은 그리움 때문에 심장이 뻐근하여
현실이 아프고 이겨내려는 몸부림도 너무 아픕니다
영원한 것이 없는 것도 세상의 이치라고 하지만

그댈 잊지 못하고 사랑하고 있기에 서럽습니다

달은 이별을 고하고 별들마저 모두 잠든 이 시간
때 되면 찾아오는 허기처럼
그대가 너무나 그리워 자판을 두드리고 있습니다

헤어지면서 언젠가 만나자는 기약은 아니 하였건만
살며 노력하면서 다시 만나야 할 가치 있는 사람이
나에겐 그대뿐입니다

얼굴

● ● ●

무척이나 아름다운 가을날의 늦은 저녁
높직한 창문은 흠뻑 별빛에 젖어 있고
그대의 얼굴은 달빛 원광에 싸여 있습니다

한때 한없이 고독했던 나날을
그리움에 의지하되
다만 그리움이 소유자가 되지 않으려고
깨달음을 얻곤 마음을 다스렸습니다

달빛 속으로 사라져가는 별들을 바라보니
무언가 빚을 진 것처럼
나를 휘몰아치는 것이 있습니다

다름 아닌 불에 덴 흉터처럼 지워지지 않는
아~ 밤마다 설핏 잠들게 하는 임(恁)의 얼굴

인생 2

이 한 세상 태어나 머무를 만큼 머물었으니
훌훌 털어 버리고 가면 좋으련만
그게 어찌 인간의 마음이더냐
마음 속에 포기하지 못한 마음을 가지고 있는 것이 아닌가
터무니없는 꿈인들 어떠리 환골탈태(換骨奪胎)
누군들 한번은 뼛속까지 바뀌길 원하기도 하지만
세상사 원한 만큼 되지 않은 걸 살아오면서 깨달았다

이미 살고 싶다는 욕망에서 멀어진 마음
어찌 인간이 욕망에서 초탈해질 수는 없는 것 아닌가
떠남이 있으면 머무름이 있고
상처의 뒷면엔 치유가 있으며
슬픔의 뒷면엔 그리움이 있는 게 아닌가
그게 우리의 삶이 아닌가

이 세상에 생물은 언젠가 꼭 죽는다는 사실은
새로운 사실이 아니라는 것을 알기에
살아간다는 게 살아가는 이유를
하나씩 줄여간다는 게 얼마나 쓸쓸한 이유인가

낙동강 하구언

그대의 맑은 표정과 아름다운 목소리를 기억하며
하루에도 몇 번씩 나는 행복하였기에
그대를 먼 발치에서라도 볼 수 있을까 봐

찾아온 선착장엔 그대의 흔적은 보이지 않고
몽돌과 모래에는 파도의 흔적이 완연한데
파도는 반항하는 몸짓으로 널뛰기를 하고 있습니다

단지 알고 있는 것만으로 나에겐 그리움이 되었는데
나에게서 잊혀질까 두려워 흘린 눈물은
오늘도 어제처럼 내 몫이 돼 버렸습니다

하느님 형님

조카 성화에 못 이겨 예배당에 따라나선 작은아버지

딱딱한 대청마루에 무릎을 꿇고 기도할 때

조카 : 하느님 아버지 복을 많이 주소서

작은아버지 : 하느님 형님 저에겐 돈을 많이 주소서

조카 : 작은아버지 하느님에게 형님이라고 부르면 안 됩니다

작은아버지 : 조카야 네가 하느님을 아버지라고 부르면

　　　　　　　촌수로 따지면 나는 하느님 동생이니라

조카 : 생각해 보니 맞는 말 같군요?

작은아버지 : 하늘도 삼강오륜(三綱五倫)이 있을 것이다

군위신강 君爲臣綱
부위자강 父爲子綱
부위부강 夫爲婦綱

부자유친 父子有親
군신유의 君臣有義
부부유별 夫婦有別
장유유서 長幼有序
붕우유신 朋友有信

인간이 살아가는 척도(尺道)를 무시하면 짐승이니라

정말일까?

법당 안에서 살인 사건이 일어났다

신도 할머니 : 부처님이 셋이나 있으면서 뭘 하느라 몰랐을까?

손녀딸 : 부처님이 깜박 졸았거나 나들이했겠지요

신도 할머니 : 부처님이 많은 중생들 돌보느라 힘들어

　　　　　　　깜박 존 것이⋯⋯. 정말일까!!!

綺語重罪今日懺悔 — 기어중죄금일참회

이 글을 읽은 스님은

— 남편한테 얻어맞고

　　친정에 피신해 있는 마누라를 찾으러 온

　　사위놈을 바라보는 장인 영감보다

　　더 험악한 얼굴로 나를 바라볼 것이다!

이별 1

멀리 있어 안타까운 그대보단
가까이 있어 그리움을 잊게 해 주는 그대였는데
내가 바라는 그대 마음 한 조각 떼어 주는 게
뭐 그리 어려운 일이었습니까

식어가는 커피 잔 테두리를 만지작거리며
서로간에 할 말들을 잊어버리고
대화가 자꾸만 어색하게 끊어졌을 때
무슨 이유인가 묻고 싶은 말은 많으면서도
무슨 말을 꺼내야 할지 모르고 있는데

궁금함에 가슴이 다 타들어갈 때쯤
살며시 일어나 '안녕'이란 말이 마지막일 줄이야

그대 가슴 한 곳에 오래 머물러 있기를 빌었으나
서로가 사랑을 하면서도 만날 수 없다는 걸
오늘에서야 알게 된 바보입니다

그대의 아름다운 미소 생각나면 언제나
멀리서라도 한번쯤 바라볼 수 있기를 바랐는데
사랑이 얄궂게도 어긋난 이유를 알고선
잊자고 하면서도 이별이 아무렇지도 않은 척
슬픈 마음 감추고 가슴앓이를 하면서
억지 웃음 흘리며 살아가고 있습니다

행여 그대가 나를 그리워하며
어디선가 후회의 눈물을 흘리고 있지는 않을까
가끔 상상의 얼굴 떠오르면
서러움에 벅차 펑펑 소리 내어 울기도 합니다

만추(晩秋)

● ● ●

그대 모습이 잊어지지 않는 게 두려웠지만
자꾸만 생각나게 하는 이별의 서러움보다
어떤 땐 이별이 준 그리움이 더 슬퍼집니다

이별 후 고독에서 달아날 수 없는 것은
파도가 몸부림치며
아무리 뭍으로 달아나려 해도 달아날 수 없듯
내 가슴 속에 자리한 미련 때문인지도 모릅니다

잠들면 꿈 속에서라도 만나길 원하지만
다른 한편으론 슬픈 얼굴로 나타날까 봐
걱정이 앞서기도 합니다

낙엽이 지고 쌀쌀한 바람이 거리를 빗질하는데
내 곁엔 아무도 없고 고독 뒤에 밀려드는 슬픔만이
그대에게 데려가고 있을 뿐입니다

만약에 어느 날 그대가 잊어진다면

아~ 그런 일은 절대 없을 것입니다
아직도 그리움이 가슴 한가득 남아 있기에

명지포구 1

높이 쌓아 반드시 무너지는 것은
쌓지 않는 것보다 못 하듯이
죽도록 사랑을 했다가 헤어지면
다시 결합할 수 없다는 것이 이치이듯
그대가 떠난 후에야 늘 혼자였습니다

그대가 그렇게도 소중한 사람인 줄 일찍 알았다면
나 혼자 이렇게 고통스러워 하지 않고
아픔을 오랫동안 간직하며 살지 않았을 겁니다

가슴을 도려내는 것처럼 아픈 이별임에도
그리워할 수 있다는 것 하나만으로
이젠 나는 살아야 하는 목적이 되어 버렸습니다

그리운 흔적을 찾아온 선착장엔 언제나 그랬듯
비릿한 바닷바람이 그대의 향내로 나를 반깁니다

고개를 떨어뜨리고 돌아오는 길에
인기척에 놀라 뒤돌아보면 아무도 없는 빈 길

보고 싶은 얼굴 1

예측할 수 없는 기다림의 시간이

아득히 멀어져 보일 때

꿈인 듯 아슴한 웃음소리에

핏발 선 내 눈동자가

쉽게 감겨지지 않는 것은

그리운 사람 얼굴의 눈썹 닮은 달빛이

창틀에 내려앉아 있기 때문입니다

죽도록 사랑했었던 그 사람이

불현듯 보고 싶은 이 시간

가슴에서 울렁증이 비집고 나와

그리움에 타버린 내 마음을

창공에 거니

내 마음 탄식처럼 별똥별 하나가

하얀 불꽃 사선을 긋고 사라져 서럽습니다

보고 싶은 목마름이

꿈틀거리는 이 계절에

나는 누군가 아주 많이 그리워하고 있습니다

명지포구 2

● ● ●

그대가 이별을 고하고 떠난 뒤
하늘마저 서럽게 울 것 같은 절망이
한꺼번에 찾아와
순간에 비어 버린 공허가
밤이면 밤마다 슬픔을
가혹하게 매질을 해대면
나는 어떻게 할 것인가
수시로 내게 되묻곤 합니다

— 잊지는 말고 가끔은 생각하며 행복하게 살아야 해

어설픈 말들로 헤어짐을 고하며 떠난
그대의 마지막 인사의 말이
운명처럼 어둠의 뒷전을 맴돌아
무섭도록 긴 설움이 되어
낯익은 명지포구 선착장 거리를 거닐게 합니다

포장마차 불빛도 꺼져가는 이 쓸쓸한 초겨울 밤에
잿빛 레인코트 깃을 세우고 길 잃은 짐승같이

오늘도 어김없이 피맺힌 설움을 토해 내며
그리도 많은 할 말이 있는 것처럼
이젠
난
처절하게 울부짖는 파도를 조금씩 닮아가고 있습니다

내가 세상에 존재하고 있다는 것 조차도 애달파하며
그렇게 쉽게 삶의 방황은 시작되어 가고 있습니다

연지공원 1

이별을 고하고 떠나간 밤늦은 연지공원 벤치엔
낯익은 그리움이 아른거려 발길을 붙잡습니다
새우등처럼 굽은 달이 새벽별과 애달아할 시간에
아름다운 기억 속에서 문득 떠오른 그대 얼굴은
가녀린 햇살에도 사위는 눈꽃인가 봅니다

후회 뒤에 그리움이 반복되는
그대의 꿈이라도 꾸었으면 행복했을 텐데

서로 간에 꼬여 버린 인연이 풀리지 않아
떠난 그대는 돌아올 리 없어
눈물받이 콧등 골짜기로 가득 흐르는 서러움을
고요를 깨트린 임호산 흥부암자의 염불 소리가
휘청거리는 어둠의 볼기짝을 후려칩니다

— 아무래도 이젠 잊어야 할 때가 된 것 같아

어제도 하였던 말 내뱉고 돌아서가는

비틀거리는 발길에도

아까의 침묵은 그대로인데

가슴은 여전히 그리움으로 가득합니다

인생 3

무소유(無所有)가 곧 영생(永生)이며
공수래(空手來) 공수거(空手去) 인생이듯
때가 되면 황천으로 가는 길
그 누가 피할 수 있겠는가
세상엔 늙은 종자 젊은 종자 따로 없더라

— 화장터에 가보라

천진난만한 아기도
천하를 호령하였던 군주도
짐승 같은 흉악범도
양귀비 같은 천하 일색 미인도
억만금을 가진 부자도
하루 삶이 고단한 거지도
화구에서 나온 유골은 한줌의 흙일 뿐이다

어떡하라고 보고 싶은 걸

이별을 고할 때 내가 먼저 눈물을 보이면
그대의 마음이 더 괴롭다는 걸 뻔히 알면서도
동공에 차오르는 눈물은 감출 수가 없었습니다

내가 흘리는 눈물이 어쩌면
바보가 얼떨결에 흘린 눈물같이 보이겠지만
그것은 그대가 아닌 누군가와
새로운 만남을 원하지 않고
내 가슴 속에 각인 되어 버린
잊을 수 없는
단 한 사람인 그대에 대한 그리움의 표시입니다

수많은 세월이 흐른 뒤
아마도 슬픈 눈물쯤은 감출 줄 알게 되겠지만
어느 날 불현듯 그대가 그리워지면
눈물만큼은
내 마음대로 어찌할 수 없을 것 같습니다

임(恁) 없는 거리

● ● ●

회색 도심 거리에 명멸하는 네온 불빛 가득하면
내가 방랑자처럼 낯익은 곳을 찾은 이유는
꽃바람 향기 같은 마음을 지닌 사람을 만나
사랑할 수 있을 것만 같은 예감 때문입니다

바람처럼 지나가는 수많은 인파 속에
어젯밤 꿈 속에서 보았던 임(恁)은 보이지 않고
호객꾼 외침에 밤은 열기를 더해 가고 있습니다

오늘도 맺어지지 않는 인연이 너무 서러워
되돌아오는 길 위에 부질없이 흘린 눈물을
사부작사부작 뒤따르던 떠돌이 바람이
이내 훔쳐 저만큼 앞서 부지런을 떨고 있습니다

오늘의 실망이 커다란 고통이지만
내일의 희망의 존재를 떠올리니
고르지 못한 보도 블록 걷는 발길도 봄바람입니다

인생 4

생(生)은 소가 통나무다리를 걷는 것보다
더 어렵게 태어난다
해서 生(날 생) 글자는
牛(소 우) 글자에 통나무 같은
一(한 일) 글자를 더하면
牛 + 一 = 生(날 생) 글자가 되느니라
네 발 달린 소가 통나무를 쉽게 건널 수는 없다
그렇게 인간이 어렵게 태어난다는 것이다

한번 태어난 목숨 허공을
확~ 그어 버리고 날아가는 화살촉처럼
화끈하게 살다 가야지
개똥밭에 굴러도 이승이 좋다 하거늘

풍경 1

새벽 종소리가 어둠을 한 움큼씩 물고 사라지니

귀뚜라미 울음소리에 대나무 밭에서 선잠을 자고 있던

바람이 깨어나 들녘 고랑을 따라 잠시 머뭇거리다

억새풀꽃을 흔들어 깨우면서

다시 산으로 바지런히 기어오르고 있다

곧이어 어제 서쪽 바다 끝에서 담금질하던 태양은

오늘 대지를 달구기 위하여 동쪽 끝에서 떠올라

아침의 싱그러운 기운으로 내려와

넓디넓은 대지에 퍼져 황금빛이 자잘하게 퍼덕거리는

들녘 벼포기 이랑 사이사이로

붉은 색조로 넘실거리게 하니 따뜻하고 부드러운 햇살에

숨을 죽이고 있던 벼포기들은 갈대처럼

울음 섞인 속에 말을 토해 내는 곳엔

가슴 속 깊은 곳에 새겨두어야 할 풍경들이 그림자 되어

저수지 속에 몸을 씻고 있다

작은 산등선 끝자락을 담그고 있는 저수지에선

원앙새 한 쌍이 물그림자와 희롱을 하고

갈대 사이로 피어 오른 물안개는 햇볕 받아 녹아내리는데

간간히 불어오는 하늬바람이 풍년 논밭을 살찌우고 있다
그 풍요로움이 넉넉한 황금빛 들녘을 떠돌던
심술쟁이 바람 한 무리가 힘들었나
허수아비 어깨에 잠시 머무르니 허수아비는
파도 치는 바다에 목을 내밀고 춤추는
올망졸망한 남해의 크고 작은 섬처럼
벼가 영글어 가는 논 가운데에서 덩실덩실 춤을 추자
벼포기는 흥이 나서 클래식을 연주하고 있다
천고마비 계절 이 복받은 가을 아침
낡은 영화 세트장 같은 이 마을 곳곳 어디엔가 존재할
사랑했던 사람의 온기와 흔적처럼
순박하고 넉넉한 마음이 가득한 아름다운 사람들이
옹기종기 모여 사는 마을은 평화롭기 그지없다

기도1

마을 어귀에 오가는 사람들에 의해

만들어진 돌탑엔

수많은 사람들의 소원을 담은

크고 작은 돌들이

아슬아슬하게 층을 이루어 쌓여 있다

숱한 사연이 있을 텐데

수많은 돌들을 떨어지지 않게

공들여 쌓으면서

빌었을 소원

누구의 기도가 더 간절했을까

자신에게 찾아올

절대의 순간을 기다리며

발길을 돌렸을 수많은 사람들 중

누구의 기도를 먼저 들어 주었을까

높이 쌓인 돌탑 돌이 떨어지면

소원이 깨질까 봐

수전증이 걸린 사람처럼 손을 벌벌 떨며

쌓는 것을 지켜본 서 있는 장승

인간과 신을 연결해 주는 메신저인 솟대는

신에게 인간의 기도가 하늘 끝에 닿도록

제대로 임무를 다 하였을까

기도를 하는 사람의 얼굴을 기억하려는 듯

두 눈을 부릅뜨고 서 있는

천하대장군과 지하여장군

그리고 솟대에게서 답을 얻으려는 듯

물끄러미 바라보았다

나는 작은 돌을 주워

떨어지지 않을 자리인 밑바닥에

조심스레 끼워 넣었다

위에 쌓다가 잘못 실수하여 떨어지면

안전한 탑 밑에 → 나무관세음보살

이별 후
그대 모습과
그대 그림자마저
안개 속에서 잃어버리고
끝내 혼자서 터벅거리며
걸어야 할 눈물길인데
나……. 어쩌란 말입니까?

서 낙동강 풍경

가슴 속에서 꿈틀거리는 뭔가를 잊어야 할 시간이 다가와
이게 아닌데 생각에 붉은 얼굴이 되어 길을 나선 나는
여름에서 가을로 가는 길목 강변에 서 있습니다

강변 물안개는 수목 담채화를 미풍과 함께 그려내고
때 이른 코스모스가 눈물 꽃을 피우며 서럽게 울고 있는데
들 쑥들은 또 왔다고 떠돌이 바람을 붙들고 수군거립니다

강가엔 등 굽은 노인의 손길이 간밤의 수확에 바지런합니다
빈 그물인가 생각했는데
자세히 보니 여러 사람의 생이 주렁주렁 매달려 있습니다

노인의 집에선 따스한 아침상을 차려놓고 더딘 발길에
할머니 귀와 시선은 사립문을 향해 있을 것입니다
이른 아침 자연이 보여주는 풍경의 삶은 풍요롭습니다

인연 1

불현듯 생각에 등 떠밀려 찾아온 조붓한 오솔길 가
그리움의 기억들이 묻어 있는 카페 넓은 창가에 앉으니
머릿속엔 그대와 마주 앉아 커피를 마시며 도란거렸던
지난 추억 시간들이 세월을 거슬러가며
오래 된 흑백 영화 한 장면처럼 생성(生成)되고 있습니다

불가(佛家)에선 옷깃만 스쳐도 인연이라는데
느려만 보였던 세월에 우린 느긋하게 노닥이다가
옷깃이 서로 닿는 포옹 한번 못 하고 헤어졌습니다

지금 이 시간
인연을 만들지 못했던
그때의 어리석음이 한없이 서럽습니다
보고 싶은 그대는 어디서 그리움을 달래고 있습니까?

타고나지 않은 인연은 만들면 된다고 합니다

조급한 나에겐

바쁘다는 세월은 벌써 저만큼 앞서 달음질 치고 있습니다

잊지 못해 더욱 그리워진 사람이여

어제보다 오늘 더 그리워지는 것은

쉬지 않고 앞만 보고 달려가는 무정한 세월 때문입니다

가지 않아야 할 길

● ● ●

별빛이 캄캄한 어둠 속으로 쏟아져내리는 풍경을 보며
잠 못 이루고 넓은 창틀에 기대선 날 보려 졸음에 졸고 있던
가로등 하나가 마파람에 눈을 크게 뜨고 창문을 기웃거립니다
그대와 내가 가지 않아야 할 길을 가고 있는 지금 이 시간
한동안 나에게 행복한 미소 지어 주었던 까닭에
나의 커다란 한 부분은 영원히 그대를 따라다니고 있습니다
그대에게 마음을 빼앗긴 지금에도 그 모든 추억들이
훨씬 더 아름답게 느껴지는 것은 미련 때문입니다

어젯밤 꿈 속에선 날 보고 웃고 있었는데 어쩐 일인가요
내일의 해가 떠오르면 그대는 나를 다시 사랑해 줄 건가요
언젠가 별빛이 쏟아져내리는 호숫가 벤치에 앉아
내 어깨에 장미 향기가 은은한 머리를 기대고 이따금씩
따뜻하고 고운 손으로 내 손을 잡아 사랑의 온기를 전해 주며
때론 살며시 품에 안겨 사랑을 속삭이던 모습도
바람결에 흩어진 머리카락을 다정하게 어루만져 주던
꿈같이 아름다웠던 시절도 잊지 않고 기억하고 있습니다

그러나 우린 서로가 가지 말아야 할 길을 가고 있기 때문에
살아가면서 웃음과 행복보다
난 외로움과 절망을 더 많이 만나며 살아가고 있습니다
그대여, 우리의 웃음이 메아리도 없이 사라져 버리듯
그 동안 함께 나누었던 사랑은 추억으로만 남겨놓을 텐가요
우린 갈림길에서 가지 않아야 할 길을 서로가 선택했습니다
그대여, 가고 있는 길 행복합니까?
혼자서 걷고 있는 지금 이 길은 너무 힘이 듭니다
이젠 그 두 개의 길이 합쳐지길 바라는 마음이 같았으면 합니다
그간 힘든 얘기를 손잡고 도란거리며 한길을 걸었으면 좋겠습니다

설혹 나의 소망이 헛된다 하여도
그대의 커다란 한 부분은 영원히 내 곁에 머무를 것입니다
우린 지금 가지 말아야 할 길을 가고 있어 쓸쓸합니다

편지

오늘도 어제처럼 새벽잠에서 깨어나
방 안을 서성거리는 것은

그대에게서 소식이 가득한 이메일 한 통 왔을까 봐
컴퓨터를 켜 보건만
화면 속엔 어젯밤 꿈 속에서 날 보고 울고 있던
못 잊어 그리운 상상의 그대 웃는 얼굴 가득합니다

그리움은 실바람에 술렁대는 물결처럼 찾아와
오늘도 어김없이
소리도 없는 고독과 창가에서 서성이고 있습니다

빛을 잃은 은하수를 건너가는 새벽 초승달처럼
세월 속에 흐릿하게 지워져가는
그리운 그대 얼굴을 보고 싶어
보낼 곳 없는 편지를 쓰고 있습니다

그대가 이렇듯 오랫동안 지워지지 않는

기억 속에 살아만 갈

가슴 깊이 묻어두긴 너무 아름다운

사랑이란 그 이름 하나이기 때문입니다

명지포구 3

● ● ●

기억의 언저리서 매섭게 후려친 회초리에
그리움이 아픔으로 깨어나 잰걸음으로 찾아온
사랑하는 사람이 떠났던 명지포구 선착장엔
그대는 보이지 않고 파도만이 하고 싶은 말 있는지
서럽게 몸부림치며 목매이게 울고 있습니다

서러운 파도는 나의 울부짖음입니다

오늘 그대를 만날 수 있을까
초조했던 마음은
그리움의 마지막 종점에서 허우적이고 있습니다

산비탈 들국화 밭에 널부러져 있는 저녁놀이
갈 길을 재촉하는데
그대와 같이했던 자그마한 카페 창가에 앉아
어디로 갈지 허허 막막함에
목이 울컥하여 토해 낸 긴 한숨이
식어 버린 잔 속 커피를 파르르 일렁이게 합니다

그대는 나의 생명줄이고

영혼이 숨을 쉬는 그리움의 안식처이기에

낙동강 하구언 ☆☆

흘러 버린 세월로 인해 또렷하지 못한
흔적으로 남겨져가고 있는 영상처럼
떠오르는 모습과 모래 위에 써 놓았던
그대 이름을 파도가 지워 버리듯

이제는 지워야 할 때가 되었다는 푸념들과
시간의 공간에서 흐릿하게 떠오른
얼굴마저 지우려고 하는 노력이
어쩌면 아직 그대를 사랑하고 있다는
나의 몸부림이라고 생각하세요

인연과 인연을 연결해 주었던
낙동강 하구언 나루터 낡은 목선은
첫눈을 맞으며 밧줄로 목을 매고
갯벌에 누워 밀물을 기다고 있는데

예사롭지 않게 군데군데 모여서
서로 간에 손을 잡고

웅성거리는 낙동강 포구 나루터엔
오늘도 누군가 서운히 떠날 모양입니다!

깊은 밤 잠 못 이루고

코스모스 꽃대가 실바람에 하느작거리듯
아름다웠던 옛날 추억의 불꽃이
내 안에서 전체가 서서히 빛을 잃어 가는 시간

나는 지금 서재에 앉아 단 한 사람의 이방인인
슬픔 때문에 나의 마음은
그리움의 잔을 남김없이 마시고
고독의 몸부림으로 하얗게 밤을 보내고 있습니다

창밖 창공엔 반짝이는 별로 가득 차 있고
달빛은 잔잔한 은물결로 내려와 뜰 아래 떨고 있는
자작나무 잎사귀에 앉아 소곤거리고 있는데
멀리, 또는 가까이서 귀뚜리와 여치가 합창을 하여
나의 마음은 아득히 먼 곳으로
그리운 그대의 얼굴을 찾아 헤매고 있습니다

그댈 사랑하기에

가랑비 내려 쓸쓸한 늦은 저녁
창문을 두드리는 바람 소리에
문득 외로워져서 서럽습니다

그리움이 밀물처럼 밀려오는 시간이면
그리운 그대가 옆에 있어야 한다는
간절한 소망은 수없이 이어지고 있습니다

서로가 가까이 다가가지 못하고
낯설면 낯설수록 스쳐가는 바람처럼
거부할 수 없는 그리움들이
텅 빈 가슴을 비집고 들어옵니다

그대를 잡지 못하고 떠나보낸 것이
나의 삶에 운명이라면
그래서 마음이 더 조급해진다면
그것은
세상에서 변해 가는 것들에 대한 두려움입니다

그래서 항상 누군가 옆에 있어 주었으면 하는
간절한 소망을 떼어 버리지 못하고 있습니다

죽도록 사랑한다
미치도록 보고 싶다
푸념어린 한 마디 내뱉어도
오늘도 오지 않는 그대를 내일이면 만날 수 있을까
아득한 미련 속의 기다림은 머릿속 가득하여
이젠 말라가는 눈물 때문에 더 서럽습니다

그리움 1

그대를 매정하게 떠나보냈던 봉황대 산책로엔
지우지도 못할 질서를 잃은 발자국들이
그리움을 되새기며 안타깝게 발걸음을 붙잡으려 합니다

서럽게 헤어진 사랑 때문에 머뭇거림이 추해질까 봐
난 아무렇지 않은 듯 내숭을 떨었지만
눈물을 감추려고 고개 숙인 채 매정하게 뒤돌아섰습니다

헤어짐 뒤에
짙은 안개 속 같은 가슴을 그리움이 방망이질하여
눈물로 하얗게 지샌 그 수많은 밤과
고독에 몸부림치며 보낸 쓸쓸한 밤들을
행여나 하는 설렘으로 온몸을 떨었습니다

사랑을 잃어버리고도
눈물을 감추려고 애를 쓰는 그대 눈에 비친
애절한 내 하소연이 서글프기만 하겠지요

그대를 생각하다가 긴 밤을 뜬눈으로 보냈건만
머릿속 상상의 그리운 그대는 언제나
안타까운 그림자 늘어뜨리고 떠나고 있습니다

꿈

누구나 이 세상을 살아가면서 저마다 원대한
꿈을 이루려하지만 이루어짐보다는
더 많은 좌절과 실패를 겪게 됩니다

그렇지만 살다보면 누군가와의 특별한 만남이 있기에
다시 무언가를 기대할 수 있는 꿈을 꾸고 살아갑니다

우린 꿈꾸어 왔던 서로에게 그 무엇이 되기 위하여
하나의 길을 가자고 약속하였습니다
기쁨에 찬 우리는 몹시 행복해하였건만
그 길을 함께 갈 수 없다는 것을 이내 알게 되었습니다

수많은 슬픔의 날을 보낸 뒤 우린 가지 않아야 할
두 개의 갈림길에서 서로가 다른 방향으로 걷고 있습니다

꿈은 저마다에게 아주 큰 기쁨이 될 수도 있지만
다른 한편으론 아주 큰 괴로움이 될 수도 있을 것입니다
그래서 세상에서 꿈 때문에 자기 자신만큼이나

자기를 괴롭히는 이는 이 세상엔 없는 것입니다

사람의 간절한 꿈이란 누군가와 더불어
삶을 함께 가꾸어 가려는 것이 아닐까요?
그러나 살아오면서 알게 된 것은
이 세상의 만물에겐 영원한 것이 없다는 것을 알았습니다

살다보면 누구에게나 소중하게 기억되는 사람이 있습니다
내 소중한 사람이 먼 발치에서 사랑의 눈길로 바라보고 있다면
이토록 오랜 세월을 저린 가슴으로 살지 않았을 것입니다

그리움 2

그대와 헤어짐이 슬픔일지언정

사랑만은 가슴 시리도록 아름다웠기에

그 숱한 불면의 밤들도

다시 돌아올 것 같은 그리움의 날이 있기에

그대를 그리워했던 추억이란 단어가

큰 위안이 되는 건 오랜 세월 동안 기억케 한

추억이 아름답기 때문입니다

가슴을 후비는 고통보다 그대를 그리워해야 하는

미소로 머물렀던 우리 사랑이

물안개가 아침 햇살에 녹아내리듯 사라지던 날

사랑은 실패를 해도 아름다운 인연이라고

나 홀로 그 이별의 아픔을 이겨냈지만

잊어짐으로 사랑이 지워져 버린 줄 알았는데

이별보다도 더 큰 서러움으로 다가왔습니다

잊어야지 이젠 잊어지겠지 하는 궁상맞은 푸념은

다시 만날 기회가 있기를 바라는 간절한 마음입니다
살아온 동안 수없이 생각나는 그대 모습을
기억 속에 가둔 뒤 잊으려고 빗장을 걸어 놓고선
언젠가 우리 가슴 다 열고 웃을 수 있게 해달라고
그대의 아름다운 미소를 위해 기도하고 있습니다

미리내를 건너는 초승달이 이별을 고하면
희미하게 흩어지는 연보랏빛 그리움들이
언제나 그렇게 아픈 기억되어 머릿속에 맴돕니다

명지포구 4

이 세상이 절망과 슬픔으로 다가올 때마다
조급한 발걸음이 되어 한달음에 달려가
그대가 지탱하기 힘든 무게의 그리움을 남기고
홀연히 떠난 선착장에서
지는 해를 멍하니 바라보며
얼마나 많은 날들을 방황했는지 모릅니다

그림자가 길어지는 낙동강 하구언 포구 들머리에 앉아
자꾸만 눈에 밟히는 옛 추억에 젖어들면
홀로 된 서러움이 배가 되는 애달픈 상념(想念) 속에
그리움은
뭍으로 향했다 뒤돌아서는 파도처럼
그대에게 갔다가 다시 뒷걸음질치고 있습니다

갈대밭 사이사이를 떠돌던 바람이
바쁘게 지나가면서 이따금 묻습니다

— 이별 후 어떻게 견디었느냐?

이별은 아픈 기억으로 남았습니다

하지만

그리움이 사라지지 않고 언제나 자리하고 있어

희망을 버리지 않고 슬픔을 견디며

사랑했던 사람을 오랫동안

잊어버리지 않고 살아야 하겠다고 답했습니다

나 그댈 사랑하기에

애처로운 한탄으로 고백하는 것을 왜 몰랐던가요
뒤척이며 깊은 밤을 아픔에 겨워하는 이 시간
슬픔과 더불어 한 자락씩 베어가는 기억의 언저리엔
이별과 만남의 끊임없는 되풀이로
이젠 눈물도 말라버려 울어지지도 않습니다

중앙 차로에 그려진 노란선 두 개가
직선이 아닌 지렁이처럼 꿈틀거리게 보이도록
포장마차에서 마신 잔술에 취한 나를 두고
우산을 거부한 채 길 건너 은행나무 아래서
몸을 반쯤 숨기고 고운 손을 흔들며
마지막으로 눈짓 인사를 보낸 그대의 모습이
너무나 작아보여 슬펐습니다

그대로 인하여 거듭 태어난 나는
창틀 채양(砦陽)에 떨어져 구르는 빗방울을 지켜보면서
빗방울 크기와 내가 흘리는 눈물의 크기를 가늠하며
조용히 기다려야 하는 의미를 알았습니다

설레며 타오르고 있는 내 사랑이 언젠가는

내 꿈의 아름다움과 닮아지길 소원하고 있습니다

오늘도 어제만큼

나

WEIL ICH DICH LIEBE — 그대를 사랑하기에

미련 1

타인의 마음을 알 수 없듯이
우리가 가야 할 길의 끝은 알 수 없었기에
그대를 아끼고 사랑했던 그리움은 절망이 되었습니다

그대와 잠시 동안 떨어져 있어도
내 가슴 속엔 언제나
둥지를 틀고 앉아 있는 그대가 있었기에
나 역시 그대 가슴 깊이 각인된 줄 알았습니다

기다리는 시간이 아득히 멀어져 보여도
난, 헤어진다는 슬픔보다도
언젠가 만날 수 있다는 소중한 미련 때문에
젖어가는 눈길로 거리를 방랑자처럼 맴돌고 있습니다

이 밤도 뿌리칠 수 없는 서러움에
그리움을 참지 못하고 눈물로 긴 밤 지새울 것입니다
이젠 기다리는 시간보다 그대의 가녀린 모습이
점점 아득히 멀어져 보이는 게 더 서럽습니다

그리운 얼굴 하나

이 쓸쓸한 가을밤에 창문을 흔드는

소슬한 바람 소리에 깨어

자판을 두드리다 잠시 눈을 들어

창 넘어 바람에 부대끼는 낙엽을 보고 있습니다

싸늘한 달빛에 떨고 있는 희미한 가로등 불빛 아래

그대가 울고 있는 실루엣 모습이

어느 땐 표정 없는 얼굴로 물끄러미 바라보는 것 같아

서러워 눈물이 왈칵 솟아오르니

끝없이 밀려오는 그리움의 조각들이 가슴 속 깊은 곳에서

고스란히 받아들여 차곡차곡 쌓이고 있습니다

헤어짐이 우리 사이에 어차피 주어진 운명인 줄 알고

그대를 향한 미련을 버리고 현실에 적응하였더라면

이렇게 초라하지 않아도 될 것인데도

그리움이 잉태되어 가고만 있는

슬픔을 되씹는 어리석은 바보짓을 해야만 하는

가혹한 현실이 너무 서럽습니다

그러나 이렇게 눈물 나는 세상에서

내가 견디어 낼 수 있는 힘은

살아가면서 그대를 그리워해야 하는 희망이

아직 많이 남아 있기 때문입니다

서 낙동강변의 추억

따뜻한 사과파이 위에서 녹아내리는
아이스크림보다 더 부드럽고 달콤한 사랑을 나누었던
오래 되어서 유난히도 눈에 띄는
서 낙동강변 통나무 찻집에서
그대와의 추억이 한동안 공존하였기에
사랑하지 않을 수 없어 잦은 발걸음을 합니다

오늘도 바람개비를 단 발걸음은
행여 지난 날 아름다웠던 추억들이 생각이 나서 찾아와
넓은 창가에 앉아 탁자 위에 한 손으로 턱을 고이고
식어가는 찻잔을 보며 나를 기다리고 있을 것만 같은
실루엣처럼 떠오른 그대 모습이
금빛 햇살 저녁놀에 녹아내리고 있기 때문입니다

그저 바라만 보아도 행복했던 그대 보고 싶어
들국화가 늘어선 창밖 넘어 찻집으로 이어진
오솔길에 자꾸만 자꾸만 시선이 머무르고 있습니다

그대는 우리 사이가 끝난 줄 알고 있겠지만
내가 그대를 잊지 못하고 기다리고 있다면
그건 우리 사랑이 아직 끝나지 않았다는 의미입니다

어스름이 우울증처럼 다가오는 이 시간
외기러기처럼 세상을 살아가면서도
이렇게 오랫동안 기다릴 수 있는
그대가 있다는 것 만으로도 오늘도 많이 행복합니다

미련 때문에

● ● ●

쉽게 잊혀질 추억이기보다
가슴 아파도 오랫동안
내 가슴 속에 한가운데 자리하길 바랐던
그대 모습이 떠오르면
왜 이렇게 자꾸만 긴 한숨이 나는 건지

그대와 헤어져 세상을 살아간다는 게
얼마나 힘이 든다는 것을
이제야 어슴푸레 느낄 수 있게 되었습니다

사랑을 찾아 방황하는 외톨이는
점점 길어져 가는 한숨에
발걸음 소리는 첼로 소리가 되어
궂은비 내리는 낯익은 거리를 배회하고 있습니다

질척이는 황야에서 길을 잃고
질서를 잃어버린 발걸음으로
엄마 찾아 헤매는 배곯은 아기 사슴처럼

그대가 그리워지면

잠시라도 그대와 마주 앉아 이야기를 나누면
나는 온종일 행복했습니다
그대의 맑은 표정과 아름다운 목소리는
나에게 삶의 의지를 북돋아 주기 때문입니다.
돌아오는 날마다 그런 날이 되기를 소망하기에
오늘 하루해가 기울어져도 살아갈 이유가 됩니다

바람이 불어 낙엽이 떨어지는 계절이 오면
외로움은 자꾸만 더해 가는데
보고 싶은 그대의 소식은 아득하기만 합니다

오늘처럼 문득 그대가 그리워지면
나는 붉은 얼굴이 되어 낯익은 거리를 서성입니다

이별은 서러워도

그대와 헤어지는 슬픔을 잊기란
그다지 어려운 게 아니었지만
속절없이 지나간 시간들을 그리워하며
잃어버린 행복을 서러워합니다

이젠 쓸쓸하게 남겨진 마음의 상처와
그나마도 없어진 그대 모습 담긴 스냅사진 한 장
잊지 못해 안타까워하고 있습니다

이별이 두려워 고개 돌려 애써 외면했던 나는
이젠 그 힘들었던 기억마저도
그저 희미한 추억의 그림자로 남았습니다

어느 땐 잠깐 아주 잠깐만이라도
예전 같지 않은 내 마음이 이별의 플랫폼에 서면
아득히 들려오는 기적 소리마저 반갑습니다

이별을 고하던 날

물비늘에 번지는 노을을 보며 눈물 흘리던
희뿌연 그리움으로 남아 있는
그대가
행여 올지도 모른다는 생각에

은행나무

가을비 흩뿌리고 나니 찬바람이 제법 매섭게 달려드는군요

거리의 나무들은 하늬바람에 몸을 맡긴 채

형형색색의 외투를 벗고 있습니다

벌거숭이 가지를 드러내면서 젊은 날을 빛나게 했던 이파리를

미련 없이 발치에 떨어뜨리고 있습니다

이 세상을 떨치고 가는 길 홀가분하다는 듯이

바람결에 구르며 놀던 낙엽은 길바닥을 곱게 빗질하고 있습니다

길 건너 마주보면서도 다가가

껴안을 수 없는 그녀가 안쓰러운 것일까요

고목에 낙엽 하나가 마파람과 힘겨룸을 하며 떨어질까 봐

공포에 질려 비명을 지르면서

떨어지지 않으려 안간힘으로 매달려 있습니다

헤어지려는 엄마 손을 놓지 않으려고 발버둥치는 아가야 손처럼

이제 곧 북녘에서 불어오는 칼바람에 손 시려 놓아 버릴 텐데

그 모습이 자꾸만 자꾸만 날 뒤돌아보게 유혹(誘惑)하는군요

아무리 작은 것들이라 할지라도 이 세상에서 사라진다는 것은

그게 나무 잎이 됐던 다른 뭐가 됐던 무척이나 슬픈 일입니다
생성과 소멸이 비록 세상의 모든 것들이 가지는
숙명이라 해도 말입니다
세상과의 인연의 마지막 장면 같은 느낌이 들어 많이 슬퍼집니다
차가운 북풍이 몰려오면 나무는 새로이 옷을 갈아입고
앙상한 가지가지마다 하얀 눈꽃송이로 피어날 것입니다

수많은 고독의 밤들이 지나고 새날이 오면
옷 벗은 가지가지엔 영롱한 이슬이 방울방울 눈물꽃이 맺겠지요
그리고 어느 날 햇살 좋은 아침
보랏빛 그림자로 그녀를 만날 것입니다
늦가을 찬바람이 몰아치는 날 눈앞에 펼쳐지는 자연의 풍경이
혼자인 당신에겐 너무나도 쓸쓸하다구요
하지만 그것에서 웅크리고 있는
희망의 씨앗을 이미 보았겠지요
그래서 만물은 머무름이 있고 떠남이 있는 것 아닐까요

지나버린 세월 속에
잊어지지 않는 그대가
아직도 나에겐
그리움으로 남았는데
나…… 어쩌란 말입니까?

잊지 못하기에

세상에 존재하는 한 결코 사라지지 않을
그대 환상 때문에 깊은 밤 잠 못 이루는데
창문을 기웃거리는 만삭이 된 달이
그리운 그대 얼굴이 되어 서럽게 합니다

아직도 잊어버릴 것이 많아서인가
잊고, 잊고 또 잊었는데도
채워도, 채워도 채워지지 않는 그리움이
이젠
그대를 겨누는
비수가 되어가는 것이 많이 슬픕니다

꿈처럼 환하게 피어오르던 그대의 환상이
흘러가는 세월 속에 시나브로 사라지기에

그리운 얼굴

눈을 감으면 그대는 창밖으로 소리 없이 다가와
슬픈 눈망울 얼굴 되어 내 가슴에 묻힙니다

이별이야 하고 떠난 그대 목소리가
아직 귓속에서 하울링처럼 아득한데도
그대를 못 잊어 그리워하는 나에게
기다렸지 하는 목소리가 들려온다면
나는 아주 많이 행복할 겁니다

그간에 기다림을 수없이 연습을 했어도
아직 익숙해지지 않아서 더 서럽습니다
다만 다시 만날 수 있겠지 바라는 나의 믿음만은
눈물에 녹아내릴 것이 아니기에
지금의 기다림은 잠시이길 바랄 뿐입니다

내 가슴 속 깊이 각인된 그대의 얼굴은
시간의 흐름에 따라 변해 가지 않는
언제나 그리운 얼굴이기에

못 잊어

아직도 끝날 줄 모르는 그리움 때문에
밤마다 깊은 잠을 못 이루고 절망해하는 것은
그대와 만남이 세상에서 그 어느 것보다 아름다웠기에
과거로 돌아가고 싶은 내 간절한 소망 때문입니다

잊을 것은 잊어야지 살아가면서
좋은 만남의 시간들도, 아니 설혹 슬픈 만남이었어도
그 모든 것은 그대와 나의 아름다운 추억으로 남았는데
기약도 없이 가벼운 웃음을 흘리고 떠난 그대가
지금은 낯선 타인으로 굳어져가고 있어 슬퍼합니다

오늘도 그리움은 마지막 경계선을 긋는데
포장마차서 마신 잔술에 취해 질서 없는 발걸음으로
가로등이 하나 둘 눈을 감는 거리를 휘돌면서
음치의 목소리로 흘러간 유행가를 목청껏 부릅니다

— 못 잊어서 또 왔네 미련 때문에
　 못 잊어서 또 왔네 상처가 아파

차가운 추억이나 달래보려고
울며 가던 내가 왔네 못 잊어 왔네
그리운 임(恁)찾아 내가 또 왔네

풍경 2

● ● ●

갑자기 낮아진 하늘이 슬퍼하여
가던 걸음 멈추고 뒤돌아서려는 연지공원엔
호수에 덮고 있는 희뿌옇게 물안개 속에서
보고 싶은 그대 환상이 비비적거리고 나와
옛 추억은 헝클어진 실타래처럼 온몸을 휘감습니다

손 전화

● ● ●

수레바퀴처럼 바쁘게 돌아가는 일상 속에
까마득하게 잊고 있던 그대에게서
어느 날 불현듯 전화기에서 들려온
―잊지 않고 있다. 는 소식에
난 잠시 동안 달콤한 휴식이 될 수 있었습니다

그때가 문득 생각나면 무작정 거리를 맴돌다가
그대를 닮은 이를 보곤 쓸쓸한 미소를 짓곤 합니다

꽃향기가 대지를 활보하던
유난히도 평온했던 봄날
뭐가 황급했는지 발길을 재촉하며 떠나버린
그대 생각에 오늘도 나는 고개를 갸웃거리며
쓸데없이 주머니 속 전화기를 만지작거리고 있습니다
그대 ☎번호가 아득해서

환상 (幻想)

굳은비 내리는 창가에 시선을 건 내게로
어둠을 밟고 환영(幻影)으로 오는 이 있습니다

바람처럼 떠나 돌아오지 않던 그대가
이젠 가슴을 쥐어뜯는 그리움이 되어
가끔씩
새벽을 여는 사람이 돼 버렸습니다

머릿속 환상(幻想)뿐인 그대의 모습 때문에
허기졌던 내 그리움도 여기서는 조용하여
애달픈 서러움이 오늘도 끝내는
내 눈 밑만 하염없이 젖어들게 합니다
어느새 창밖엔 햇살이 출렁거리는데

이 쓸쓸한 계절에

바람은 무수한 소리를 흘리고 다녀
내처 버릴 수 없는 그리움은 홍건이 젖는데
아가야가 설핏 잠에 하품 섞어 서럽게 울 듯
비실하게 누운 코스모스 밭 언저리엔
짝을 잃었는가!
애절하게 울어대는 귀뚜리 소리가 서럽습니다

그대의 속삭임에 전율을 느끼며
박꽃 같은 고운 모습 넋을 잃고 바라도 보았는데
이젠 이별로 무너져 내린 가슴은
아무것도 생각할 수 없어 아득하기만 합니다
오늘도 기억 속 그대는 끝내 고운 손 흔들고
계절을 비껴 그렇게 홀연히 떠나고 있습니다

삶을 서두르지 말라고 가르치는
자연의 흔적은 보이진 않지만
세월의 무상함을 익히 알았기에
그리움을 잠재우려 무던히 노력합니다

이 초록의 계절에

겨울 내내 집에만 있었습니다

어느새 향기가 공해에 찌든 코끝에 때를 닦는 봄 온 줄 모른 채

안 보여서 걱정 많이 하셨죠 저 괜찮아요

차가운 칼바람이 태양과 힘겨룸을 끝내던 날

방금 열어놓은 창문 사이로 봄 전령이 소리 없이 찾아들었어요

아주 오랜만에 방 안 곳곳을 환하게 밝혀주네요

적당한 앉을자리를 찾느라 비좁은 방안 구석구석을

힐끔거리는 햇살이 그저 마냥 반가울 뿐입니다

견디기 힘든 추위와 힘겨룸을 끝에 찾아온 낯설지 않는 계절에

봄이라는 이름이 언제나 반가운 애인처럼 날 유혹합니다

그래요 나 여전히 살아 있음이 실감나네요

아직도 내가 살아 있음의 증거는

아파트 현관 입구 우편함에 쌓인

내 이름 박힌 우편물이 가득했습니다

때론 반갑지 않은 흔적들이긴 하지만

태어나 지금까지 살아온 세상의 희망의 빛이겠지요

아무도 모르게 소리 없이 살금살금 찾아온 그리움들이

우편함에 차곡차곡 자꾸 그렇게 쌓여만 갈 것입니다

보고 싶은 그대의 환상만 떠올려도 지금 너무 행복합니다
그립다는 말과 함께 분홍빛 햇살에 형형색색으로
곱게 피어나는 꽃잎에 그리운 사연을 적고 있는 이 시간
전파사 문 틈새를 비집고나온, 가수 톰슨의 노래 '슬픈 영화'를
떠돌이 바람이 동무삼아 가파른 골목길 오르면서 힘들었나!
잠시 창가를 맴돌며 귓속을 간질이고 있습니다

오오오 새드 무비 올웨이스 메이크미 크라이

"지은아! 오늘도 어제만큼 널 사랑해"

그대를 기억한다는 것은 사랑이 멈추지 않은 까닭입니다

미련 2

● ● ●

그대와 만나기로 약속도 아니 했는데
늦은 밤거리를 거니노라면
허락 없이 마음 한 구석을 독차지한 사람이
기억의 초입에 뿌리 깊게 심어져 발길을 잡습니다

누굴 기다리는 척 내숭을 떨며
두 잔 커피를 시켜놓고선
떠날 줄 모르고 자릴 잡고 앉아서

행여나 하는 어리석은 기다림이
여닫는 문소리에 가슴이 울렁이는데
희미하게 비쳤다가 꺼져 버리는 반딧불처럼
그대를 향한 미련이 사라졌다 금세 나타납니다

기다림은 불치병이다

잃어버린 아름다운 것들을 아쉬워하고
애달파하거나 그리워하는 이상
기다림이 어떤 것인지 알고 있습니다
서리서리 쌓인 그리움이 불치병 된 뒤에

희망은 만남을 기약하고

그리움의 실타래가 그물처럼 엉킨 인연 때문에
한숨 섞인 넋두리에 내재됐던 설움이 주춤대다
목젖까지 차오르더니 갑자기 울컥 솟아오릅니다

지나가던 바람만이 걸음을 멈추고
근심스레
신작로에 늘어선 나목들과 수런거려도
기다리는 시간이 아득히 멀어져 보여
만난다는 기쁨보다 헤어진 뒤 찾아오는
날 선 고독이 두렵습니다
쓸쓸히 돌아올 땐 언제나 내일 만남을 기약하지만

인생 5

천상병 대(大)선배 시인이 1993년 4월 28일 귀천(歸天)했다

나 하늘로 돌아가리라
새벽빛 와 닿으면 스러지는 이슬 더불어 손에 손잡고.
나 하늘로 돌아가리라 노을빛 함께 단둘이서 기슭에서 놀다가
구름 손짓 하며는, 나 하늘로 돌아가리라.
아름다운 이 세상 소풍 끝내는 날, 가서, 아름다웠다고 말하리라……

저녁노을과 노닥이다가 어둠이 지자 밝아진 하늘로 갔을까

술이 있어 즐거웠고 시를 쓸 수 있어 행복했다던

그래서 세상의 소풍이 아름다웠다고 말하겠다던 선배 시인은

향수병을 술병으로 착각하고 마셔 버려

코와 입… 쉬를 하고 응아를 하면 향수 냄새가 진동했다던데

귀천을 하면서 음주는 안 하고 갔을까?

세상살이가 소풍이었다고 어린아이처럼 천진스럽게 비유하시더니

이 서럽고 한이 많은 세상을 훨훨 털고 떠나면서!

아버지 어머니 고향 산소에 있고
외톨배기 나는 서울에 있고.
형과 누이들은 부산에 있는데.

여비가 없으니 가지 못한다.
저승 가는 데도 여비가 든다면
나는 영영 가지 못하나?
생각느니, 아, 인생은 얼마나 깊은 것인가.

자신의 처지를 시를 지어 장탄했던 선배는 여비나 챙겨 갔을까
진즉이나 알았다면 이자 비싸기로 유명한
뚱뚱보 쌍과부 술집 새끼주모 전대 돈이라도 빌려 주었을 텐데
술이 없어 아니 즐겁고 여비가 없어 귀천을 못 하고
구천에서 떠돈다면!
글을 사랑해서 가난했던 시인이여! 잠시 발길을 돌리시어

— 후배! 나 귀천할 때 여비하고 남으면 막걸리 사서 먹게
   2,000원만
   그 천진스럽다는 얼굴로 꿈에라도 나타나서 부탁하면
   좋으련만!!!

명지포구 5

● ● ●

살랑거리는 물결이 해묵은 슬픔을 일깨우는데
언젠가 어릴 적에 꿈 속에서 본 것처럼
추억의 천사들이 하얀 날개를 펴고 있습니다

갈매기가 서럽게 울 때면 나는 오랫동안
귀 기울입니다
그럴 때면 당신은 떠도는 부평초처럼
한 조각 구름 되어 낯설게 다가옵니다

마음의 궁핍과 고뇌를 안고 살아가야 하는
기억 속에 그려져 있는 그리운 그대 얼굴은
한낮의 가벼운 꿈에서 깨어나
조용한 미소를 지으며 퇴색해 갑니다

수많은 추억들이 어떤 흐름에 의해
나에게 실어왔어도
어느 것 하나 붙들어 둘 수 없어 서럽습니다

끓어오르는 그리움을 달래 보려고

명지포구를 찾아갔지만

언제나 그렇듯이 그 곳엔 그리움만 더 했습니다

연지공원 2

눈 감으면 그리움은 기억의 저편에 모여 있어
설렘으로 발길 재촉해 찾아간 공원 산책로엔
나무들은 각각이 고운 화장을 하고 반긴다
마치 내 사랑 일부인 것처럼
자연이 찾아낸 아름다운 색이 참 곱기도 하다

마음은 터질 듯 부풀어 오르고
가슴이 뜨겁게 요동치는 이 시간

바람도 지쳐 잠들었나
침묵의 풍경은 별빛 속에 사라져 가고
못 위에 야영하는 여러 쌍의 원앙새 무리와
창공의 달과 별무리들 움직임 외에는
모두가 정지된 것 같은 느낌이다

달은 휴식을 취하려 잠시 구름 뒤로 숨어들어
고독에 떨고 있는 외로운 가슴은
아무것도 생각할 수 없는데

나의 침묵은 언제쯤 길을 열어 줄 것인가

꿈처럼 환하게 창공에 떠 있는 만월은
언제나 그리운 그 사람의 얼굴인데
임호산 중턱에 자리한 홍부암* 종소리에
별빛과 달빛은 내일을 기약하며 이별을 고한다

* 홍부암 : 김해시 임호산에 있는 암자

존재의 이유

언제나 그대 때문에 존재하는 나는
그대와 하나가 되고 싶다는 이유가 되어
언제나 미소를 잃지 않고 다가왔던 그대를
머릿속에서 지울 수 있는 방법을 모릅니다

가슴 속에 남아 있는 그리움이란
타인의 마음을 헤아릴 수 없듯이
내밀스러운 또 하나의 연정입니다

그리움을 안고 살아간다는 것은
생에 고통이기도 하고
다른 한편으론 절망이기도 합니다

그러나 그리움은
또 하나의 삶의 원천이기도 합니다

기도 2

● ● ●

미륵불상 아래 작은 연못 속엔

동전이 가득하다

삶이 두려워질 때 찾아와서

하나 둘 던져 넣으면서 빌었을 소원

갖가지 바람이 많았을 텐데

누구의 기도가 더 간절했을까

부질없는 짓이건만

신화를 만들어 내는 사람들의 마음이

내 가슴에 간절히 와 닿는다

....

↓

南無觀世音菩薩

간이역

● ● ●

각각의 사연에 만나고 헤어질 수밖에 없었던
모든 사람들을 위해
언제나 말없이 기다리는 간이역 플랫폼에 서면
중요한 모든 것들이 하찮은 것들이 되어 버려
나는 낡아 버린 역사(驛舍) 벤치에 앉아 느긋하게
옛 이야기가 돼 버린 추억을 그리고 있습니다

사랑했던 시간보다 이별이 준 상처가 길기에
삶이 고단할 때마다 그대가 보고 싶어
낯익은 간이역을 찾아와 얼마나 많은 날을
방황했는지 기억도 아득하기만 합니다

오늘도 행여나 하는 미련을 버리지 못한 채
귀가길
후줄근한 모습으로 낯익은 정류장에서
느려터진 구산동행 마지막 버스를 기다립니다

사랑한다는 이유로

이젠 잊고 살아야 할 꿈처럼 고운 이야기들이
이미 오래 전에 흘러간 이야기라 할지라도
이렇게 소리 나지 않는 그리움은
언제나 기억의 언저리에 맴돌아 행복합니다

예기치 않은 어느 날 외로워서 서러운 밤
오랫동안 지워지지 않는 머릿속 얼굴 때문에
이렇듯 당신을 향한 그리움이
자꾸만 반항하는 몸짓으로 사라져 가는 그대를
이토록 사랑했던가를 생각하면 웬일인지
자꾸만 서글퍼져 더욱 가슴이 미여져 옵니다

나는 또 무엇이 서러운 것인가
그것은 그대를 기억 속에 지우지 못하고
살아야하는 앞으로의 생이 아득하여서입니다

명지포구 6

● ● ●

피곤에 지친 회색 도시 항구의 네온 야경이
강물 위에 어리면
숫구치는 그리움을 다스릴 줄도 알아 버렸습니다

쏟아져 내려온 별빛이
일렁이는 수면 위에 앉으면
이렇게 보기 좋은데
왠지 콩닥거리는 가슴은 서러움으로 채워집니다

이런 날이면 왜 이리 난 쓸쓸해지는가

언젠가는 있으리라 믿어왔던
재회의 날이 아직 요원하기 때문입니다

더 많이 사랑했기에

사랑했던 사람과 헤어진 뒤 슬픔을 잊기란
그다지 어렵지는 아닐 것이라고 생각했는데
나에겐
그리움 뒤에 엄습해 오는 고독의 나날이었습니다
그 이유는
사랑을 받기보다 훨씬 더 많이 사랑했기 때문입니다
칼바람 불어와 창문을 흔들어
이 밤도 잠을 이루지 못하고
뒤척이는 까닭은
남겨진 추억을 한가슴에 지니고
난 아직 그대를 사랑하고 있기 때문입니다

아직도 잊지 못해

혜어진 것은 이미 오래 전인데도
지난날의 추억들이 이제 와 가슴 한 곳에서
소용돌이를 쳐 커다란 고통을 주고 있습니다

이렇게 외롭고 허전한 밤
하늘엔 새벽 별이 가냘픈 빛을 발하며
내일 밤을 기약하는데
그대는 어디서
이렇게도 나를 시름케 합니까

세월이 가면 불꽃처럼
뜨겁게 사랑했던 가슴도 식는다는데

바람이 불수록 짙어지는 향기처럼
놓지 못한 것은
그대의 손목이 아니라 그리움입니다

그리운 얼굴 하나

이른 봄날 낙동강 강변에 늙어 버린 찻집 돌담길을 산책했습니다
그 곳에서
파릇한 작은 이파리 담쟁이덩굴이 질서를 잃은 돌담 벽을 타고
힘겹게 어기적거리며 기어올라가는 것을 보았습니다
드높은 곳을 향하여 잠시도 머뭇거리지 않고 느릿한 걸음으로
위로 옆으로 자기 마음대로 퍼져 나갔습니다
여름을 맞이하기가 두려운 듯 그렇게 느릿하게 번져 나갔습니다

가을이 시작된 어느 날 다시 찾아간 그 곳은
붉은 색깔로 곱게 물든 담쟁이의 이파리를 보았습니다
무엇이 이렇게 자연의 아름다운 색깔을 입혔을까요
파릇파릇한 색깔들로 시작되어 온몸을
붉게 물들인 담쟁이덩굴의 억척스런 삶을 보았습니다

난 그 찻집에서 잠시 잊고 있었던 사랑하는 사람을 만났습니다
사랑은 떨어져 있다 해서 잊어지는 것이 아니었던가 봅니다
정말로 사랑한 사람은 가슴 깊은 곳에 담아두는 것입니다
그리고 잊지 않고 오래오래 기억하는 것입니다

사랑은 그래서 모두가 아름답습니다

누구나 가슴 저린 그리움이나 슬픈 기억들이 있겠지요
힘들었던 시절도 뒤돌아보면 모두가 아름다운 추억일 것입니다

서녘 하늘 노을이 게으름 피며 물비늘과 노닥거리는 이 시간
갈대들의 하모니가 들리는 강변에 홀로 앉아 늙어가고 있는 그
찻집엔
사랑하는 사람의 온기가 꼭 있을 것만 같은 생각이 듭니다
나는 간혹 그리움의 기억들에 의해
그 곳을 한달음에 달려가곤 했는데

갈 길 잃은 바람이 장난기 많은 아이처럼 머리칼을 흐트러 놓고 사
라지니
갑자기 지은씨와 같이 마셨던 따뜻한 커피가 생각나네요
그 곳에는 지금쯤 '철새는 날아가고' 팝송이 흐를 것입니다
생각만 해도 가슴이 쿵쾅거리는
그대를 만나려면 서둘러야 하겠지요

환영 (幻影)

애틋한 시선으로 잡은 손 살며시 놓아주며
하고 싶은 말이 많은 것처럼 머뭇거리면서
마지막 전철을 타고 떠나던 그대의 모습이
태양에 사위어질 낮달이길 바랐는데

눈 감고 그려보면 하늘 끝에 걸려 있는
하얀 보름달이 되어 버린 그대 얼굴이
예전과 조금도 달라지지 않는 모습되어
내 가슴 속에 숨어듦으로
이렇듯 오랫동안 지워지지 않는 사랑인데
나에겐
사라진 것보다 더 안타까운 건 그리움입니다

명지포구 7

● ● ●

그땐 왜 그리 망설이며
할 말을 다 못 하고 돌아왔을까
돌아서서 곧 후회할 것인데
그대 얼굴이 햇살에 녹아내릴 아침 안개처럼
언젠가는 사라지겠지만

망각(忘却) 속에 불현듯 다시 그리워진다 해도
이젠 잊혀질 만한 세월도 흘렀는데
문득 그대가 그리워지면 잠을 이루지 못한 채
긴 밤 섧게 지새고
나는 붉은 얼굴이 되어 조급한 발걸음으로
예전에 남겨둔 추억 가득한
낙동강 끝자락 명지포구 선착장을 찾습니다

우린 언젠가 만나자는 약속은 하지 않아
그대는 나를 쉽게 잊을 수도 있겠지만
나는 그러기엔 쉬운 일이 아니었기에
갯벌에 한가로이 누워 있는 나룻배를 흘겨보며
오늘도 헛걸음에 무거운 발걸음을 옮깁니다

인생 6

● ● ●

가을이 내려앉은 고즈넉한 골목길
그만그만한 낡은 집들이 어깨를 기대고 있는
통영 노대도 섬에 자식 키워 모두 육지에 보내고
늙은 두 부부만 살고 있다

육지에서 온 이방인 위해
할머니는 조촐한 밥상을 차려왔다
평소 두 부부가 먹어왔던 소박한 밥상에
방금 할아버지가 에메랄드빛 바다에서 건져 올린
삶은 싱싱한 문어 한 마리를 더한, 이방인을 위한 환대다

밥을 먹던 이방인은 수저를 밥상 위에
가만히 내려놓고 의아해 한다
밥상 앞에서 손님에게 결례되는 두 다리를 펴고
할머니가 다리를 주물린 것을 보고

― 다리가 많이 아프십니까?
　이방인의 물음에

― 말도 마소. 육남매 나서 등에 업고 일하며 키우느라
　　힘들어 흘린 눈물이 한 가마니는 될 테고
　　내어 쉰 한숨 소리에 쉰 질의 깊이의 땅이 파였을 것이요

거침없이 달려온 칠십 평생의 삶 속에
할머니가 짊어졌던 바닷물의 무게는 얼마나 될까?

엄마가 섬 그늘에 굴 캐러 가면
배곯아 울던 아가가 손가락을 입에 물고 잠들었던
그 섬의 옛날의 핏줄은 다 어디 가고
오늘도 핏줄이 그리운
할머니 아픈 다리는 핏줄을 그리워한다

사랑의 구조 요청

오늘도 오지 않는 그대 때문에
얼굴이 붉어지자
덩달아 서녘 하늘 끝과 바다 끝이 붉어지니
세월을 함께 한 등대가 바빠지기 시작합니다

사랑이란
서로 간에 가느다란 실타래의 운명으로 만나
슬픔과 기쁨을 나누며 살아가게 해 주는
하늘이 맺어준 인연입니다

파도가 때로는 격렬하게
때로는 부드럽게 모래 위에 흔적을 새겨 넣듯이
오늘도 어제처럼 을숙도 백사장 위에
나는
대문짝만한 HELP 흔적을 남기고 갑니다

다시 찾아오면 흔적도 없이 지워 버리던
언제나 훼방꾼인
바람의 시간은 다행히도 외출(外出) 중입니다

풍경 3

● ● ●

변하지 않은 시골 5일장터엔
예나 지금이나 시장 상인의 인심은 그대로입니다
입심 좋은 상인에게
천륜의 끈인 손자가 미끼를 물자
할머니 지갑이 이내 열립니다

기억 속의 빛바랜 흑백 풍경은
흘러간 세월 속의 내 마음을 열고 있습니다
할머니 손을 꼭 잡은 손자의 얼굴을 보니
나 어릴 적
어머니의 세월과 나의 세월이 멈춰 있습니다

어머니께 때를 써 따라나선 시장 가는 길
뻥튀기 붕어빵 *십리길 알사탕 가게 앞에
어김없이 어머니 치맛자락을 잡은
나의 손에 힘이 들어가고
외씨 같은 고무신을 신은 발에는
어김없이 급제동 브레이크가 걸렸습니다

아~
어머님!
기억은 봄바람을 타고 흩날리고
추억이 서려 있는 정겨운 풍경에
가슴이 먹먹하고 명치끝이 아릿해 옵니다

* 잘 녹지 않아 입에 넣고 빨고 가면 십 리를 갈 수 있다 해서 지어진 이름
(일명 나일론 사탕)

종점

오늘도 그대가 올지 모른다는 생각에
마지막 경전철 구산동역 플랫폼에 서서
물기 젖은 눈으로 저녁놀 바라보니
낯익은 풍경의 아름다움은
옛 추억에 젖어들게 합니다
그대를 생각하면 왜 눈가가 젖어드는지

기다림은 외롭고 서글프기도 하지만
나에겐
그 기다림조차 즐길 수 없다면
남은 내 생에 크나큰 고통의 연속일 것입니다
뒤돌아본 나의 오랜 기다림은
차라리 행복이었다고 말하고 싶습니다

느티나무 잔가지에도 가을빛이 서렸고
철마는 먼길 떠나기 위해
또다시 채비를 서두르고 있습니다
이 밤이 다가도록 코트 깃을 세우고

마지막 철마의 거친 숨소리를

그대 고운 웃음소리로 위안을 삼으렵니다

그대가 새벽 하늘 은하수를 건너는
초승달처럼 허허롭게 작아지는 몸짓으로
점점 더 멀어지는데
나…… 혼자 어쩌란 말입니까?

살다보면

인간은 이 세상에 태어나면서

죽음의 정거장까지 가는

열차표를 누구나 가지고 태어나서

자기가 내려야 할 정거장도 모르고 차에 탄다

개개인에 따라 태어나자마자 내리기도 하고

1년을 10년을, 간혹 100년을 넘게 타기도 한다

다만 가다가 지어진 운명에 의해

누가 먼저 내리는 역은 각자 다르다

그 정거장을 끝에서 돌아온 사람은 아무도 없다

그 곳에서 어디로 가는지 결과를 알고 싶어하나

끝의 결과를 말해 주는 사람도 없다

자신이 도달해도 말해 주지 못하고 간다

이것은 피할 수 없는 숙명이고 진리다

진리를 초월해서 살려고 하는 인간이

제일 어리석은 인간이다

그래서

살다보면 때론 낡고 느린 것이 그리울 때도 있다

아~ 인생!!!

권력 따먹기 화투놀이

삼팔선 이북은 악(惡)
삼팔선 이남은 선(善)
지구상에서 같은 민족끼리 분단 국가가 되어
160여만 명의 혈기 왕성한 이 땅의 젊은이들이
철조망 경계 사이로 너와 나는 한 민족이 아닌 적이 되어
오늘도 서로 간에 총부리를 겨누고 있다.

그러지들 말고, 고려청자 항아리 안에
1·2·3·4·5·6·7·8·9·10 ─ 솔·매조·사쿠라·흑싸리·난초·목
단·홍사리·공산·국진·장
*쥐·소·범·토끼·용·뱀·말·양·원숭이·닭
열장의 화투를 넣고
이명박!
김정일!
두 사람이 눈을 가리고 두 장의 화투를 꺼내어
합한 수(數)가 높은 사람이 먼저 통일 대통령을 하기로
유엔에서 서로 간에 각서를 하고 개임을 하면 될 것을
먹이를 놓고 먼저 차지하려 다투는 하이에나 같은 짓을 할까

— 야이, 빙신아! 여자 거시기가 껌 씹는 소리 하지 말거라
　　뭔— 그런 상소리를!
— 여자 거시기가 껌을 씹지도 못할 것이고 설혹 씹는다 해도
　　소리가 나지 않을 것이다라는 말이다
　　한마디로 말해서 말도 안 되는 소리를 하지 말라는 뜻이다

피 한 방울 안 흘리고 아주 쉽게 할 수 있는 통일인데
아이큐가 138인 내가 시방 얼빵한 말을 했나!
누구든지 피 한 방울 흘리지 않고
남과 북 두 댓빵들이 공평하게 손해를 보지 않고
단 몇 초 안에 통일을 할 수 있는 방법을 말해 봐?

* 12간지 민속 화투(저자가 12간지 동물 그림으로 만든 화투로 3개의 특허로 생
  산하였으나 사장시킴. 이유는 화투놀이하여 망하면 개발자를 욕하기 때문이라
  는 가족들의 반대로 …)

　　　　　　　　　　— KBS와 MBC를 비롯하여 〈중앙일보〉에서 보도

존재의 증거

서러움과 싸우며 긴 밤을 홀로 지새워보아도
아득한 기억 속에 채워지지 않은 빈 자리 있어
고개를 휘둘러 긴 숨결을 내쉽니다

사랑할 수 없었던 그 아픈 기억 때문에
세상을 살아간다는 게 크나큰 고독입니다
고독이란 존재의 확실한 증거입니다

이젠 잊어져가는 그대를 기다린다는 말은
어쩌면 초라하고 궁색한
또 다른 나의 변명같이 들리겠지요
누군가를 기다림의 시간을 보면
그 그리움의 깊이를 알 수 있습니다

기다림

어떻게 그렇게 냉정하게 돌아설 수 있습니까
난 아직 이별을 준비하지도 않았는데
그대가 떠난 후 간혹 젖어드는 눈물 때문에
내 삶에서 그댈 잊어본 적은 없습니다
가슴에 빗장을 걸고 대못질한 후
잊어버릴 수 있는 추억이라면
이렇게 많이 가슴 아파하지 않을 텐데
가끔씩 내 기억 속에 그대가 꿈틀거려
이젠 몰라라 할 수도 없습니다
기다려도 오지 않는다는 것을 번연히 알면서도
그대만은 포기할 수 없었습니다

어쩌면 다시 오지 않을 것이란 것을 알기에
더 잊지 못하고 그댈 그리워하는지도 모릅니다

뷔페

● ● ●

먹고 가는 것은 배가 터져도 시비 않지만
가지고 가는 것은 절대 안 돼
*국세고지서 들고
찾아간 잔칫집에서 받은 뷔페 티켓 들고

나랏님 잔칫상보다 더 거할 것 같은 뷔페
나는 갑자기 펠리컨이 되고 싶다
가마우지도 되고 싶다
수가지 맛있는 음식
그 중에서도 쇠고기 돼지고기 닭고기
한입 가득 넣고 집으로 가고 싶다

— 쇠고기는 미국산 빼고 왜? 광우병 때문에

올 같은 폭염에 밥맛 없어 먹지 않아 비실해진
우리 집 경비대장 *해피에게 토해 주고 싶다

나들이하고 들어오면 우리 집에서 제일 반겨주고

예쁜 각시 지켜주고 집도 지켜주는 해피가 어여뻐서

절마가 아비 마음을 알까!

— 행여 농담이라도 그런 소리 마시소
　 거지 항문에 걸려 있는 콩나물을 빼어먹지
　 더럽고 치사하게 훔쳐온 부패(腐敗) 음식 안 먹을라요

참으로 잘 키웠다 순전히 내 마음대로 생각!

* 결혼식 청첩장
* 애완견 이름

나 살아가는 이유

사랑은 내가 상상한 그런 사랑이 아니었나 봐
이별이야 하기엔 너무 가혹한 말인 줄도 모르고
사랑하지만 헤어진다는 함부로 해 버린 말들이
돌이킬 수 없는 커다란 상처를 주고 돌아선 후
몇 날을 잠 못 들고 후회하며 용서를 비는 것은
아직 그대를 잊지 못하고 사랑하기 때문이야
내가 살아가는 이유는 그댈 사랑하기 때문이야

사랑은 내가 상상한 그런 사랑이 아니었나 봐
이별이야 하기엔 너무 가혹한 말인 줄도 모르고
좋아하지만 널 떠난다는 마지막 인사의 말들이
돌이킬 수 없는 커다란 상처를 주고 돌아선 후
몇 날을 잠 못 들고 나 그대를 그리워하는 것은
아직 그대를 잊지 못하고 사랑하기 때문이야
내가 살아가는 이유는 그댈 사랑하기 때문이야

대중가요 CD제작 발표
작곡 : 이성호 (가야팝스오케스트라 단장)
가수 : 추미경

가야팝스오케스트라는 김해시 진영에 있으며, 창원 KBS 악·단장을 지낸 이성호 단장과 19명의 벤드 인원과 7명의 가수를 포함, 4명의 무용수로 꾸며져 있고, 수도권 아래로서는 제일 큰 악단으로 유명하며, 노무현 전 대통령도 부부 동반으로 두 차례 공연 관람을 하였으며. 한국 가요 방송국 아이넷TV 녹화 방송.

김해 연가

● ● ●

마신 술 깨지 마라 이 밤 지새도록

그대가 가고 없는 김해 땅에서

내가 던진 글라스에 샨데리야 부서지면

미친 듯이 달려보는 구산 로터리

궂은비 내리면 더욱 좋겠네

권한 술 사양 마라 이 밤 다하도록

첫사랑 가고 없는 김해 땅에서

밤새도록 마신 술에 첫사랑이 그리워서

비틀비틀 걸어가는 연지공원길

첫눈이 내리면 더욱 좋겠네

마신 술 깨지 마라 이 밤 지새도록

그대가 가고 없는 김해 땅에서

내가 받은 술잔 속에 그대 얼굴 떠오르면

비틀비틀 달려보는 해반천 둑길

소낙비 내리면 더욱 좋겠네

대중가요 CD제작 발표
작곡 : 이성호
가수 : 김연옥

2010년 8월 금영 노래방 기기에 신곡 등재

눈물보다 서럽게 젖은 그리운 얼굴 하나

그대 온기가 남아 있을 것 같은 찻집에 앉아

가슴 속 그리움이 나올까 봐 빗장 걸었는데

이슬비가 하염없이 내리는 이 쓸쓸한 가을날

애절한 사랑을 남기고 떠난 그대가 보고파

가슴에 빗장 풀고 펑펑 소리 내어 울고 있네

우 ~ 우 ~ 우 ~ 우 … 워워 워 ~ 워 ~ 워

이 생명 다하도록 가슴 속에 묻어 둘 사랑

잊으려 애를 써도 아득한 기억 속에 떠오른

눈물보다 서럽게 젖은 그리운 얼굴 하나

눈물보다 서럽게 젖은 그리운 얼굴 하나

대중가요 CD제작 발표

작곡 : 이성호

가수 : 황주연

첫사랑

어딘가 존재할 내 사랑 얼굴이
아픈 가슴을 어루만지며
수많은 밤을 뒤척이게 하였습니다.
사랑한다 말 못 하고 떠나보낸 후
기억 끝에 서성거리는 그대 모습이
따라오지 않는 그림자처럼
슬픈 추억의 잔해를 심어 놓았습니다

보고 싶어 가슴은 타는 불꽃이 되어도
아무렇지도 않는 듯 살아왔습니다
그 수많은 슬픔의 날들을
나 홀로 있어도 슬프지 않을 수 있기까지
얼마나 더 눈물을 흘려야 합니까
창 틈새 달이 그대 얼굴 닮아
슬퍼서 눈물을 흘려도 베갯잇을 적시지 않고
기다리는 법도 배워 버렸습니다

대중가요 CD제작 발표
작곡 : 이성호
가수 : 추미경 첫 번째
앨범 수록
가수 : 나미란

이별 2

● ● ●

죽도록 사랑한다
명세한 그 언약이
영원히 변치 않는
약속인 줄 알았는데
떨리는 차가운 손
살짝 놓아주고
서럽게 내 곁을
떠나 버린 그대여
가슴 아팠던
지난 날 추억 때문에
이젠 눈물 흘릴 일 없다고
다짐했건만
다 잊겠다는 약속
내가 먼저 깨버린 채
그대의 온기
남아 있을 것 같은 거리에서
오늘도 어제만큼
그대를 그리워합니다

작곡 : 이성호
가수 : 나미란

보고 싶은 얼굴 2

낙엽이 바람에 떠밀려 떠나가듯이

가슴 시리도록 그리움만 남기고 간 사람아

어디로 갔나 어디로 가야 찾을 수 있을까

기억은 아지랑이 같이 나타났다 사라지네

이젠 잊어야지 잊어지겠지 푸념을 반복하지만

그럴수록 더욱 더 보고 푼 그리운 얼굴

그럴수록 더욱 더 보고 푼 그리운 얼굴

이 생명 다하도록 못 잊을 그리운 얼굴

이 생명 다하도록 못 잊을 그리운 얼굴

대중가요 CD제작 발표

작곡 : 이성호

가수 : 송미희

슬픔을 눈 밑에 그릴 뿐

어딘가 존재할 그대 얼굴이
그리운 공간(空間)을 채워 가고
그리워 애태웠던 내 사랑이
희미한 기억 속 이름이 된다 하여도

나
잊지 않고 그리워할 것입니다

먼저 사랑하였고
더 많이 사랑하였기에
나중에까지 그대를 지켜볼 수 있는
아름다운 마음도 배우고 있습니다

그대에게 다가가는 동안
조금씩 뒤로 물러나는 일이 있어도

나
슬픔을 눈 밑에 그릴 뿐

오늘도 가슴 설레이며

작은 걸음으로

조금씩 그대에게 다가가겠습니다

대중가요 CD제작 발표

작곡 : 이성호

가수 : 송미희

※ 이 노래는 색소폰 독주 경음악 CD로도 만들었는데, 색소폰 연주자가
녹음을 끝내고 슬퍼서 울었다고 함.

김해아리랑 가야쓰리랑

● ● ●

김해아리랑 가야쓰리랑 김해아리랑 가야쓰리랑 야!

아유타국 안악현 아리땅 허황옥 공주는

아버지의 꿈 속에서 계시받은 임(恁)을 찾으려고 에헤 에헤

수만리 험난한 뱃길로 동방에 가야국 찾아왔네

에헤에헤 에헤 얼씨구 절씨구

구간들과 백성들의 축원 속에 봉황대 궁궐에서

가야국 수로왕과 백년가약 맺으셨네 얼씨구

(후렴) 아라리 아가씨 아리랑 행복한 아리랑

　　　 아라리 아가씨 아리랑 즐거운 아리랑

(삼절에서 반복) 아리아리 아리랑 김해아리랑

　　　　 쓰리쓰리 쓰리랑 가야 쓰리랑

김해아리랑 가야쓰리랑 김해아리랑 가야쓰리랑 야!

문화 유산 가득한 김해를 천하의 제일로

행복하게 살아가는 삶의 터전으로 함께 일궈보세 에헤 에헤

오대양 육대주 수많은 사람이 김해를 찾아오네

에헤에헤 에헤 얼씨구 절씨구

김해시는 아름다운 너와 나의 살아갈 지상 낙원

낙동강 물길같이 포근하게 감싸 안네 얼씨구

김해아리랑 가야쓰리랑 김해아리랑 가야쓰리랑 야!

아유타국 안악현 아리땅 부모님 그리워

고향 쪽을 바라보며 눈물 가득고인 효녀 허황후는 에헤 에헤

언제쯤 부모님 만나러 그리웠던 고향땅 찾아갈까

에헤 에헤 에헤 얼씨구 절씨구

꿈 속에서 그려보는 수만리길 고향 집 아득하여

봉황대 궁궐 뒤뜰 칠성단에 소원 비네 얼씨구

대중가요 CD제작 발표

작곡 : 이성호

가수 : 홍택성

김해 칠암문화센터에서 공연 당시 노무현 전 대통령 부부가 참석 관람하였는데 마지막으로 가수 열창이 끝나고 사회자가 작사가 소개를 하자. 엉거주춤 자리에서 일어난 나를 보고 손을 흔든 뒤 열열한 박수를 쳐주었다. 공연 전 "장인 권오석씨가 보도연맹원도 빨치산도 아니라는 내용을 쓴 다큐실화소설《지리산 킬링필드》저자인데 청와대에 세 권을 보냈는데 받아보았습니까?"라는 질문에 "잘 받아보았습니다. 고맙습니다."란 인사를 했다

봉황대 비련(悲戀)

● ● ●

어젯밤 꿈 속에 나를 보고 웃고 있던 그대 보고파

봉황대 산책로를 서성이건만 그대는 보이지 않고

가야로에 늘어선 희미한 가로등만 졸음에 졸고 있네

오늘도 혼자 걷는 이 길이 너무 싫어 너-무나 싫어

잔술에 붉어진 초라한 외톨이는 그대를 그리워하네

나~ 아직 그댈 잊지 못하고 너무나 사랑하기에

우린 언젠가 웃는 얼굴로 다시 만날 수 있겠지

어젯밤 꿈 속에 나를 보고 울고 있던 그대 보고파

연지공원 산책로를 서성이건만 그대는 보이지 않고

해반천에 늘어선 희미한 가로등만 졸음에 졸고 있네

오늘도 혼자 걷는 이 길이 너무 싫어 너-무나 싫어

잔술에 붉어진 초라한 외톨이는 그대를 그리워하네

나~ 아직 그댈 잊지 못하고 죽도록 사랑하기에

우린 언젠가 웃는 얼굴로 다시 만날 수 있겠지

대중가요 CD제작 발표

작곡 : 이성호

가수 : 김연옥

이별 3

안개비가 소리 없이 거리를 적시는 날
행여나 하는 마음으로 오솔길을 거닐건만
보이는 건 젖은 낙엽과 텅 빈 벤치뿐
그대와 불꽃이 되어 사랑을 나누었는데
홀로 된 지금 지난날의 행복이 그리워지네
추억이라고 묻어두기엔 애절한 그 사랑이
길 잃은 짐승처럼 거리를 방황케 하네

헤어짐 뒤에 또다시 만남이 있듯
잊어짐 속에 더욱 더 지워지지 않은 것이
서로가 사랑하면서도 못 이루는 사랑이지요

대중가요 CD제작 발표
작곡 : 이성호
가수 : 윤서현

이 생에 남겨둔 사랑 하나

너와 내가 서러움을 달래기기도 전에
미소로 머물렀던 사랑 이슬로 사라지던 날
그대와 이별을 준비하지도 않았는데
눈물보다 서럽게 젖는 그리운 얼굴 하나
새벽녘 희미하게 흘러가는 깜박이는 별처럼
아름다운 그대는 기억 속에 멀어져 가버렸네
이 생에 마지막 남겨둔 사랑 하나 천국에선
그대에게 쓰려고 고이 간직 하고 있네

(대사 처리)
가슴 속 깊이 묻어둔 그대와 추억 때문에
수많은 회환에 휘몰리던 날들이
이젠 잔잔한 호수처럼 너의 작은 숨소리는
귓전에 맴돈다

대중가요 CD제작 발표
작곡 : 이성호
가수 : 김연옥

구산동 로터리

첫사랑 그대와 만남은 오래 된 헤어짐으로 남아

찾아온 연지공원 벤치엔 그리움이 앉아 있네

이별은 아니야 널 사랑해 그 목소리 들리는 것 같아

발걸음 멈추고 뒤돌아보지만 바람에 낙엽만 구르고

차가운 달빛은 어둠의 거리를 밝히고 있는데

그대와 거닐었던 구산동 로터리 눈물 나는 교차로

무심한 붉은 신호등이 지친 발걸음을 가로막네

첫사랑 그대와 만남은 오래 된 헤어짐으로 남아

찾아온 연지공원 벤치엔 그리움이 앉아 있네

내 이름 부르며 널 사랑해 그 목소리 들리는 것 같아

발걸음 멈추고 뒤돌아보지만 바람에 낙엽만 구르고

차가운 달빛은 어둠의 거리를 밝히고 있는데

그대와 거닐었던 구산동 로터리 눈물 나는 교차로

무심한 붉은 신호등이 지친 발걸음을 가로막네

대중가요 CD제작 발표

작곡 : 이성호

가수 : 홍택성

인연 2

그리도 슬픈 일인가요
나에게는 아무 일도 아닌 것을
만남과 헤어짐을
그리도 슬퍼만 합니까
나와 만남이 당신의 삶에
또 하나 작은 흔적을 남긴 것을
가슴 아파 하지 마오
어차피 인생이란
이별의 연속이 아니던가요
뭐— 그리도 슬퍼만 합니까
동틀 무렵 잠시 손잡았다가
해질녘 잡은 손 놓고 가는 것처럼
짧게 살고 가는 인생인 걸
지내온 시간들이 아쉽고 짧았다고
그리도 애달피 웁니까
삶의 한 귀퉁이에 잠시 서성거리다
언젠가는 혼자서 떠나는 게 인생인데
그렇게도 슬프게

작은 어깨 들썩이며 서러워합니까

당신과 만남은 인연인 걸

처음부터 우리는 남남이 아니었던가요

대중가요 CD제작 발표

작곡 : 이성호

가수 : 천태문

마지막 부탁

그 동안 너무 힘들었어

삶이란 원래 그렇잖아

죽도록 사랑했는데

이제 와서 날 떠나려고

마지막 눈길마저 거부한 채

돌아선 내 사랑아

떠나지 마 제발

간절한 나의 마지막 부탁이야

수많은 날을

슬픔만 가득 안고 살아온 널 위해

지난날의 아픈 기억까지

잊지 않고 사랑할 테니

남은 생 널 사랑할 수 있게

용서를 해 줘

이 세상에서

가장 아름다운 미덕은 용서이니까

작곡 : 이성호
가수 : 김연옥

작가 노트

책은 지식의 보고(寶庫)다

꽃을 든 남자보다 책과 신문을 든 남자가 더 매력적이다! 왜 일까?

세계는 21세기를 문화의 세기로 규정하고 있다. 나라의 번영을 기약하는 근원적인 힘은 '그 민족의 문화적·예술적 창의력에 달려 있다.' 문화적 바탕이 튼튼해야만 정신적인 일체감을 이룰 수 있을 뿐만 아니라 물질적인 발전도 가능하다.

진정 문화의 세기를 맞으려면 문학(文學)을 살려서 준비를 해야 한다. 왜냐 하면 문학이 모든 문화 예술(文化藝術)의 핵심이기 때문이다. 문학이 없이는 아무리 문화 예술을 발전시키려고 해도 발전되지 않는 법이다. 문학은 새로운 문화를 창조하고, 역사를 앞서기 때문이다.

볼테르나 루소의 작품은 프랑스 대혁명의 도화선이 되었으며, 톨스토이나 투르게네프의 소설이 제정 러시아에 커다란 충격을 주고, 입센의 《인형의 집》이 여성 운동의 서막이 되고, 스토 부인의 《엉클 톰스 캐빈》이 미국 남북전쟁의 한 발화점이 되었으며, 작가로선 최초로 미국의 최고 훈장인 대통령 '자유의 메달'을 받

은 스타인 백의 《분노의 포도》가 미국의 대 경제공황을 극복하
게 만든 계기가 됐듯이 말이다.

2008년 미 대선 후보 공화당 존 매케인(McCain) 대통령 후보
가 "이 세상은 좋은 곳이고, 지키기 위해 싸울 만한 가치가 있다.
그리고 나는 이런 세상을 떠나기가 정말 싫다."라고 인용하는
대사는 어니스트 헤밍웨이(Hem-ingway)의 소설 《누구를 위하여
종을 울리나》에서 주인공 '조던'이 다친 채 홀로 적에게 포위된
현실을 담담히 받아들이면서 한 말이다.

〈뉴스위크〉지 보도에 의하면 매케인을 '베트남 전쟁의 영웅' '자
기 집이 몇 채인지도 모르는 얼치기 부자' '고집스러운 보수주의
자' 등으로 단순화하는 시각은 잘못이라며, "그는 영웅적인 동시
에 풍자적이고, 금욕적이면서도 때로는 자제력을 잃고, 야심가이
면서도 반항적인 인물로 알려진 것보다 훨씬 깊고 복잡한 내면세
계를 갖고 있다."고 평을 했다.

매케인의 어린 시절 영웅은 아버지 존'S. 매케인 2세였다고 한
다. 아버지는 대대로 군 지휘관을 배출한 가문에서 태어나 자신
도 유능한 해군 제독이었지만, 동시에 가문의 명예를 이어야 한
다는 중압감 탓에 종종 알코올 중독에 빠졌다는 것이다. 이런
아버지의 모습은 어린 매케인에게 상처로 남았다. "매케인이 책
속에서 도피처를 찾았고, 이를 통해 새 세계에 대한 동경과 사람
들의 위성을 간파하는 예리한 눈도 갖게 됐다." 는 보도다.

해서 공화당 존 매케인과 민주당 후보인 오바마도(Obama) 유
아독서 환경 운동을 주요 선거 공약으로 내걸었다. 빈민가 아이
들과 중산층 아이들은 이미 초등학교 때부터 학습능력에서 뚜

렷한 차이가 난다는 것이다. 그것은 유아 때 책을 얼마나 읽었느냐에 따라 갈린다는 것이다. 가난 때문에 교육의 혜택을 받지 못하는 것은 비극이므로, 국가가 유아 독서 환경을 만드는 데 앞장서겠다는 대통령 후보를 둔 미국이 부럽다. 그런데 우리 정부는 문학 문제를 그리 심각하게 생각하지 않는 것만 같다. 문화 예술 분야 수장들이 학창 시절 인문학 과정을 대수롭지 않게 여겼던 사람들만 포진해 있는 모양이다.

인문학은 학문의 '생명수'다. 근래 들어서 인문학의 위기에 관한 문제가 광범하게 제기되고 있다. 최근 고려대 문과대 교수들은 인문학의 위기를 극복하기 위한 결의를 담은 '인문학 선언'을 발표했다. 뒤를 이어 전국 93개 인문대학장들이 동참했다. 인문학자로서의 반성과 각오가 포함되어 있는 이 선언은 인문학의 중요성을 새롭게 부각시켜 주었다.

돌이켜 보건대, 상당수 대학에서 인문계 학과를 선택하는 학생 수가 급격하게 감소하고 지원하는 학생들의 성적 등도 과거와는 달라졌다는 말도 있다. 여러 대학에서는 인문계열 학과 대학원 지망생의 비율이 줄어들고 있음을 모두 우려의 눈으로 바라보고 있다. 심지어는 인문계 학과가 폐과되는 사태도 계속되고 있다. 대학 교양 강의에서 인문계가 차지하는 비중은 점차 낮아지며, 실용적 학문이 교양의 주류인 양 주장되기도 한다는 것이다.

이와 같은 인문학의 위기 상황에는 다 원인이 있다. 우선 인문학이 처해 왔던 외적인 측면에서 찾아볼 수 있다는 것이다. 즉 광복 이후 한국 사회는 급격한 변화와 압축 성장의 길을 걸어왔다. 이 과정에서 성장에 급급했던 우리 사회는 너무 실용과 효

율만을 강조해 왔다. 여기에서 인간 삶의 기본을 탐구하는 인문학의 중요성은 점차 망각되어 간 것이다.

신채호나 이광수, 그리고 홍명희는 당대의 사상가였고 천재들이었다. 그들이 소설을 택한 것은 민중을 깨우치고 구국 독립을 위한 방법이 문학이라고 생각했던 것이다. 그들이 그들의 천재성을 발휘하여 권력을 탐냈더라면 권력의 수장자리 한 자리는 했을 것이다. 다른 한편으로 경제적 부를 욕심냈더라면 대재벌이 되었을 것이다.

철의 왕 카네기는 크고 작은 도서관을 2,500여 개를 지었다고 한다. 사업가로서 당장 투자 효과를 기대했다면 불가능했을 것이다. 그러나 그분들은 인류의 참된 가치를 권력이나 부에 두지 않고 진실된 인생의 추구나 올바른 세계의 건설 같은 보다 근원적인 것에 두었던 것이다. 그런 그분들의 관점은 옳았고, 그런 점에서 문학이 지니는 위대성은 영원한 것이다. 이러한 것을 보더라도 예술의 꽃이라는 문학이 살려면 우선 시장이 건전해야 하는 전제가 있는데, 아무도 그 시장의 현황에 대해서는 관심이 없는 것을 보면 말이다.

예부터 폭군은 무신(武臣)을 가까이했고 성군은 문신(文臣)을 가까이 했음을 모르는 모양이다. 그래서 문화대국이라고 우쭐대는 프랑스 정치인들의 자랑이란, 2차 대전 후 5공화국이 시작된 이래 역대 프랑스 대통령들은 저마다 예술 문화 애호가임을 과시했다.

1944년 해방된 파리로 돌아온 샤를 드골(Gaulle)은 ‘조국의 영광’을 되찾기 위해 폴 발레리(Valery) 같은 작가들을 먼저 찾았다.

프랑수아 미테랑(Mitterrand)은 러시아 대문호(大文豪) 도스토예프스키(Dostovevsky)의 작품을 탐독했고, 자크 시라크(Chirac)는 10대 시절 시인 푸슈킨(Pushkin)의 작품을 번역했다고 자랑했다. 인문학이 그만큼 중요하다는 얘기다. 그래서인가! 국내 유명인들의 언론에 보도된 사진의 뒷배경을 보면 책이 가득 꽂혀 있는 책장이다. 책을 많이 읽어서 나는 지식이 풍부하다는 광고 효과를 노리고 사용한 것이다.

우리는 선거철만 되면 검증 안 된! 수많은 자서전이 쏟아져 나온다. '나는 책을 쓰는 지식인이다.' 라는 내용이 대부분이다. 정말 그럴까? 완성도가 아주 낮은 대다수가 대필된 것인데도! 요즘 아이들은 컴퓨터에 매달려 인터넷에 중독되어 있으며! 너나없이 책 읽기를 외면하고 있다. 그 원인을 찾아보면 초등학생 방학 과제물에 독후감이 사라지고, 가족 신문 만들기로 대체되어 버린데 그 원인을 찾을 수 있다.

인문학은 모든 학문의 수원지다

마이크로소프트사의 창업자로 세계적 갑부인 '빌 게이츠'씨는 어찌 보면 인문학과는 전혀 관련이 없어 보인다. 그러나 그는 "인문학이 없었더라면 나도 없고 컴퓨터도 없었다." 라고 말했으며, "지금의 나의 성공은 하버드대 졸업장이 아니라 내가 살고 있는 동네의 작은 책방이었다."고 했다. 이 말은 인문학적 상상력이 모든 이들에게 필수적으로 요청되고 있다는 말이다.

매킨지는 이 시대를 '인재전쟁(war for talent)'의 시대로 규정했다. 그것은 기업도 누가 누구를 얻고 어떤 아이디어를 사용하느냐에 따라 승패가 좌우되기 때문이다. 그러므로 인문학의 발전을 위한 사회의 인식과 국가의 배려가 요청된다.

인문학은 모든 학문과 사회·기술·경제·정치 분야의 수원지(水源地)이며, 이 수원지가 마르면 사회(Society)·기술(Technology)·경제(Economy)·정치(Politics), 즉 스텝(Step)이 페스트(Pest)로 변한다.

대학 안에 대학을 다닌다는 인문학과가 왜 이 지경이 되었는가를 연구해 볼 때가 됐다. 해서 서울대 인문학 최고 지도자 과정이 개강되었다. 서울대 인문대에 국내 처음으로 마련한 인문학 최고 지도자 과정인 아드 폰테스 프로그램(AFP-Ad Fontes Program. 라틴어로 '원천으로'라는 뜻)에 재계와 정관계 유명 인사들이 지원하여 수학하고 있다. 정원 40명 중 절반 정도가 국내 대기업과 벤처기업의 최고 경영자(CEO)급 인사를 포함한 유명 인사들이라고 한다.

이계안 국회의원은 1982년부터 1985년까지 현대중공업 런던 사무소에서 근무하던 시절의 경험을 토대로 AFP에 지원하게 됐다고 밝혔다. 이의원은 "외국의 재계와 정관계 리더들이 상상력을 중히 여기고 인문학을 계속 공부한다는 게 당시에는 이상하게 보였다"며, "그러나 불확실성에 대처해야 하고, 미래 모습을 그려야 하는 CEO와 정치인 생활을 하다 보니 리더들이 왜 인문학을 공부해야 하는지를 알게 됐다"하였다. 조사에 의하면 대한민국도 CEO 95퍼센트가 "경영에 필요한 지혜를 책에서 얻는다."했다.

일본에서 "책과 신문을 읽는 부모를 둔 아이가 공부를 잘한다."는 연구 결과가 나왔다. 공부 잘하는 아이의 부모는 책이나 정치·경제면 신문을 읽고, 공부 못하는 아이 부모는 여성 잡지를 보거나 TV 쇼 프로그램을 본다. 일본의 오차노미즈대와 교육출판 그룹 베네세가 국어 성적과 부모의 생활습관에 대해 공동 조사한 결과 이 같은 결과가 나왔다는 아사히신문의 보도다.

조사 대상은 전국 각지의 초등 5학년생 2,952명과 학부모 2,744명이다. 이 조사에 따르면 성적 상위 4분의 1 안에 드는 학생 부모 중 70.6퍼센트는 책(만화와 잡지 제외)을 읽는다고 응답했다. 또 60.2퍼센트는 신문의 정치·경제면을 읽는다고 했다. 반면, 성적이 하위 4분의 1에 속한 아이의 부모들은 책과 정치·경제면 신문을 읽는다는 응답은 각각 56.9퍼센트와 46.4퍼센트에 그쳤다. 각각 13퍼센트씩 낮은 수치다. 상위권 학생의 부모가운데 스포츠 신문이나 여성 주간지를 읽는다는 응답은 18퍼센트였고 TV 쇼 프로그램을 시청한다는 응답은 25퍼센트였다. 하위권 학생 부모의 응답률은 각각 28.6퍼센트와 35퍼센트로 10퍼센트씩 높았다.

조사를 한 하마노 다카시 교수는 "책이나 신문을 읽는 것은 그 가정의 문화라고 할 수 있다. 문장을 접할 기회가 많을수록 독해력이 좋아지고 공부에 필요한 인내심이 향상되는 것 같다."고 했다는 기사를 보더라도 책은 인간이 살아가는 데 꼭 필요한 것이다.

이젠 문맹인 사람은 거의 없다

21세기 지식정보화사회로 접어들면서 컴맹인 사람도 줄어들고 있다. 그런데 책을 읽지 않는 책맹(冊盲)은 오히려 기하급수적으로 늘어만 가는데 걱정이 아닐 수 없다. 비주얼 시대라서 그렇다는 이들도 있다. 책이란 단순한 지식과 정보만 주는 게 아니라 삶의 긴 호흡과 너른 시야를 마련해 준다. 그것이 쌓이고 숙성되면 상상력도 창의력도 저절로 자라난다.

얼마 전 KBS TV 쇼 프로그램에서 초등학생이 상금을 무려 4,100만 원을 거머쥐었다. 상금의 액수에 놀랄 일이지만 나는 그 학생이 하루에 한 권의 책을 읽었다는 데 더 놀랐다. 예심을 통과한 쟁쟁한 성인들과 겨뤄 이룬 성과는 매일 읽은 책에서 얻은 지식이었을 것임은 두 말할 필요도 없을 것이다. 책을 좋아하는 아이가 공부도 잘하고 리더십이 뛰어나다는 것은 잘 알려진 사실이다. 세계의 뛰어난 과학자·정치인, 그리고 최고 경영자(CEO) 모두가 독서의 중요성을 강조한다. 전 세계 부자들의 공통 습관이 바로 독서라는 조사 결과도 있다. 책을 읽는 사회는 미래가 밝다고 한다.

미국의 토크쇼 사회자로 유명한 오프라 윈프리는 아홉 살 때부터 열네 살 때까지 삼촌과 사촌에게 성폭행을 당했다. 밑바닥까지 간 사람이었다. 그러한 그녀의 삶을 크게 변화시킨 것은 어릴 때 의붓아버지로부터 일주일에 책을 한 권씩 읽으면 네 인생이 달라질 것이라는 말을 듣고 기억할 수 없을 만큼 수많은 책을 읽었기 때문에 오늘날 세계적으로 영향력 있는 사람이 됐다.

그의 거침없는 달변은 책에서 얻은 지식에 의해서다.

소설가 마르셀 프루스트의 말처럼 독서는 '고독 속의 대화가 만들어내는 유익한 기적'이다. 독서는 날마다 경험과 기억, 또한 지혜로 가득 찬 뇌를 발명하는 것이다. 조용한 방에서 아이들이 책 속의 글자와 대화를 나누는 동안 그들의 신경세포는 끊임없이 시냅스를 강화하고 서로 연결되고 끊으면서 지혜의 신경망을 만들어 낸다.

"저자의 말이 시작되는 순간 독자의 지혜가 시작 될지어다."라는 미국의 심리학자 매리언 올프의 말처럼……, 올프의 저서 《책 읽는 뇌》에 따르면 독서가 뇌에 가장 훌륭한 음식인 이유는 풍성한 자극원이기 때문이다. 누구나 독서를 할 때, 글자를 이해하고 상징을 해석하는 측두엽, 상황을 파악하고 활자를 시각으로 상상하는 전두엽, 감정을 느끼고 표상하는 변연계 등 독서의 흔적이 남지 않은 뇌의 영역은 거의 없다고 전문가는 말한다.

우리나라를 다녀간 바 있는 미국의 미래학자 엘빈 토플러는 청소년을 상대로 강연회에서 제일 먼저 "미래를 위해서 책을 많이 읽어라. 미래는 예측하는 것이 아니라, 여러분이 상상하는 것이다."라고 말했으며, 자기를 '독서 기계'에 비유 한 뒤, "미래에 대해 상상하기 위해서는 책을 많이 읽는 것이 가장 중요하다. 미래를 지배하는 힘은 생각하고 커뮤니케이션하는 능력이다."고 역설했다. 한마디로 말해서 새로운 아이디어를 생각해 내어 그것을 창조하는 힘을 기를 수 있는 본바탕에는, 책을 많이 읽고 얻어낸 지식 축적의 바탕으로 기반을 이룰 수 있는 것은 독서라는 것이다.

2008년 자기와 점심 식사 한 번 먹는 데 무려 211만 달러(약 26

억 7,700만 원)로 경매를 내서 중국의 사업가 지오단양 씨가 따내 화제를 냈던 세계 최고의 갑부 대열에서 빌 게이츠와 경쟁을 하고 있는 투자의 귀재 워런 버핏은 "지혜를 빌려 달라"는 한 시민에게 "책을 읽고, 읽고, 또 읽어라"고 조언했다. 그는 보통 사람의 다섯 배의 책을 읽는다고 했다. 한마디로 말하여 '리더(Reader)만이 리더(Leader)가 될 수 있다'는 뜻이다.

인간은 체험을 통해서 인식론적 깨달음을 운명 지어져 있다. 그러나 인간에게 주어진 시간과 경험은 제한되어 있는 것도 있다. 이렇게 제한된 시간 속에서 살면서 얻는 수많은 경험과 비교할 수도 없는 무한이 많은 경험을 우리는 책을 통해 얻고, 또 그것을 바탕으로 한 깨달음으로 변신할 수 있는 것이다.

인류의 역사에는 인간 생활과의 질을 크게 향상시키거나, 혹은 시대의 흐름을 결정적으로 바꿔 놓은 발명품들이 있다. 예를 들어 증기기관과 내연기관은 인류에게 산업화의 길을 열어 준 획기적 발명품들이다. 요즘의 디지털 세상이 펼쳐진 것은 1940년대 후반부터 등장한 반도체 소자들 덕분이다.

이처럼 고대에서 현대에 이르기까지 역사에 기록된 수많은 발명품 중 가장 중요한 것 하나를 꼽으라면 그것은 무엇일까. 발명품에도 명예의 전당이 있다면 제일 높은 자리에는 아마도 '책'이 올라 칭송을 받고 있어야 할 것 같다. 책이야말로 선인들의 지식(知識)과 지혜(知慧)를 축적하고 그것을 전수하는 수단으로, 오늘의 문명을 이룩하게 한 가장 큰 공로자이기 때문이다. 인류의 위대한 사상과 중요한 지식은 책이라는 발명품 속에 기록되고 보존되어 왔다. 전 세계적 베스트 셀러인 성경과 경전을 비롯하여 코란 등, 세계 각국의 헌법들은 대개 책으로 반포되었고, 공자의 유교 사상과 뉴턴의 이론도 책으로 전해져 왔다.

찰스 디킨스의 흥미진진한 소설과 모차르트의 아름다운 음악도 책이 있어 즐길 수 있었다. 선남선녀에게 청아한 즐거움을 주고 사회적으로 정신 문화의 중추 역할을 해 온 책의 소중함, 그 역할의 중요성을 생각하면 출판사와 서점들은 국민과 정부의 따뜻한 사랑과 열렬한 지원으로 크게 번창해야 할 업종이다. 그런데 우리의 현실은 어떤가? 세상은 인터넷 도박과 음란물로 가득한 세상으로 황폐화되어 가고 있다.

옛 선인들은 "세상에서 제일 듣기 좋은 소리는 자식들의 책 읽는 소리요. 보기 좋은 모습은 자식들의 밥을 먹는 모습이다."라고 했다. 그러한데 지금의 아이들은 컴퓨터에 매달려 책으로부터의 도피하고, 청소년 성 범죄가 갈수록 늘어나고 있는 데도 부모들은 자식들의 행동을 방관하고 있는 듯하다.

어려서부터 지독한 독서를 하여 책에서 얻은 지식으로 오늘날 세계적 갑부가 된 빌 게이츠는 아이러니하게도 딸에게 하루 1시간 이상 컴퓨터를 못 하게 하고 있다 한다. 세계에서 제일 책을 안 읽는 국가인 대한민국 부모들은 빌 게이츠 말을 새겨들어야 할 것이다. 우리나라 대다수 어린이는 '마음의 양식'이 되거나 '인생의 등불'이 될 만한 책은 아무도 찾아 읽으려 하지 않고 모니터 속에서 '인생의 환락'을 찾는 데 빠져들어 점점 익숙해져 가고 있다. 사람이 원하는 환락과 정보의 바다는 윈도 속에 있지, 책 속에 있지 않다고 생각하고 있는 것이다. 그러다보니 날로 늘어나는 청소년에 대한 성 범죄는 뉴스 간판을 자주 장식하기도 한다.

이젠 딱딱한 책은 기울어진 장롱 모서리를 받치는 데나 쓰일 뿐이다. 그래도 사람들은 끈질기게 책의 소중함을 강조하고 책 읽기를 강요한다. 책을 많이 읽는 사회의 미래가 밝다고 강조한다. 그러나 우리 사회에서 독서는 남에게 강요하는 것이지 자기가 하는 일은 아닌 것 같다. 많은 부모나 교사는 자기도 읽지 않은 책을 자식이나 학생에게 읽도록 강요한다. 집집마다 아이 방에 어린이 책은 많지만 어른이 읽을 만한 양서는 어디에 있는지 보이지 않는다. 우리 사회의 주 독서층은 어린이인지도 모른다. 그러한데 어린이는 컴퓨터에 매달려 있다.

대한민국 여성들이여…….

꽃을 든 남자보다 책과 신문을 든 남자가 더 매력적이다.

"왜 일까?"

그것은 책과 신문을 읽은 남자는 지식이 풍부하다는 뜻이다. 지식이 많다는 것은 앞으로 삶에서 풍요롭다는 것이다. 시인 두보는 "남아수독오거서(男兒須讀五車書)"라 했다. 모름지기 남자란 다섯 수레 책을 읽어야 남자란 것이다. 그런데 지금의 책 읽어야 할 대한민국의 남자들은 다 어디로 갔을까?

PC방에 있을까!

빈부와 귀천은 그 우열을 논할 수 없는 것은 문장뿐이다.

이미 고려 시대 때 이규보가 말하지 않았던가.

최근의 조사 결과를 보면 도시 생활자 성인 100명 중 82명은 전혀 책을 보지 않는다고 한다. 나는 그보다 훨씬 낮을 것으로 생각한다. 국민 1인당 월간 독서량은 0.8권이라는 통계 조사다. 조사한 160개 국에서 맨 끝이니 말해서 무엇 하겠는가. 이것이 문화적으로 어느 수준인가는 굳이 외국과 비교할 수 없다고 본다. 아프리카 사람들보다 독서량이 적기 때문이다.

남을 탓하기 좋아하는 사람들은 이유를 만들어 낸다. 신문이 소설보다 더 재미있기 때문이라는 견해라든가, TV를 비롯하여 게임 비디오 등이 만연해 있는 것도 한 원인으로 지적한다. 그러면서 "내용이 나쁜 책도 있다"고 항변한다. 그렇다. 분명 내용이 나쁜 책도 있다. 그러나 그러한 책을 읽고 나쁘다는 내용이 있다는 것을 알고 깨우쳤다면 당신은 이미 좋은 책을 읽었다는 것이다. 그래서 책을 읽으면 좋은 것이고 선인의 지혜(知慧)를 이어 받는 것과 같은 것이다.

나는 1999년에 51세의 늦깎이로 등단 후 12년 동안 장편소설 11편(16권)을 비롯하여 소설집 1권과 시집 1권 출간하고 단편소설 17편 집필 다작을 했다. 집필하면서 고민하는 것은 국어를 모른다는 사실을 깨달았다. 이 땅에 태어나 살아오면서 지금껏 쓴 말과 글을 다 깨우치지 못했다는 자괴감이 들었다. 탈고한 원고를 고치고 또 고치면서 내 얕은 모국어 실력에 한탄도 했다.

모국어는 문필가들에 의해 갈고 닦인다. 그 임무를 가장 충실히 해야 할 내가 이 땅의 작가라니 한없이 부끄럽다. 급변하는 세상에 우리나라도 다민족 국가가 되어 수많은 외래어가 범람하고 있는데, 컴퓨터에 매달려 있는 국민의 국어 능력이 단군 이래 최저 수준이라고 한다.

이명박 정부가 들어서고 초등학교에서도 영어 수업 치중하라는 말에 "우리나라 말로 공부를 해도 힘들어 죽겠는데, 영어로 공부하라는 이명박 할아버지 때문에 스트레스 받아 죽겠다."하면서 거실에다 책가방을 내팽개치는 딸아이의 볼멘소리를 귓등으로 들어서는 안 되겠다는 어느 학부모 이야기가 우스갯소리가 아님을 알아야 한다.

현 정부의 영어 열풍에 의해서인가! 요즘 TV 속 오락 프로를 보면 어눌한 영어로 노래를 부르는 수많은 가수들을 보면 채널을 확 바꾸어 버린다. 이런 광경을 접할 때마다 모국어를 지키는 사명감이 더 커진다. 그들에게 글짓기나 받아쓰기 시험을 치르면 몇 명이나 합격할지 궁금하다. 국내로 이주한 외국인이 수년을 살아도 한국말을 하면 어눌하다.

외국인이 자국의 노래를 하는 국내 가수의 노래를 들으면 내가 느끼는 감정과 똑같을 것이다. 물론 세계화 시대에 영어도 꼭 필요하다. 그러나 국민 절대 다수가 필요치 않을 것이다. 국어는 우리의 정체성이다. 잠시 읽기를 멈추고 글자가 없다면…… 이 세상에서 어떻게 소통할 수 있겠는가를 생각해 봐라. 천지간에 사물의 이름을 지을 수가 없어 마냥 '거시기'라고만 말할 수 밖에 없는 게 아닌가. 참으로 암담할 것이다.

내가 하고 있는 소설을 집필할 때는 원색적인 언어를 사용하고, 시(詩)를 쓸 때는 거친 말들을 융화 시키고 응축시켜 써야하는 고충도 만만치 않다. 그러나 글을 쓴다는 게 나에겐 남아 있는 생을 지탱해 주는 하나의 근원이다. 이 땅의 국민이라면 거친 언어를 융화시키고 응축시킨 아름다운 시집 한 권은 책장이나 탁자에 두고 읽어보라. 심성이 저절로 착해 질것이다.

내가 살고 있는 김해시는 2,000여 년 전 가야국(加耶國) 태동지다. 가야국 건국 신화를 살펴보면 구간들에 의해 글을 써서 그것을 노래로 만들어(구지가:龜旨歌)부르며 구지봉에서 신(수로왕)을 마중하였다는 《삼국유사》 기록이 있다. 그래서인가! 김해시 버스정류소 가림(迦箖) 벽마다 지역 문인들이 지은 시(詩)를 벽보하여, 버스를 기다리는 동안 아름다운 언어가 함축된 읽을 거리를 제공하고 있다.

이러한 사업은 서울 강남구에서 벤치마킹하게 만들었다. 또한 책 읽는 도시로 선포되어 전국에서 인구 비례(比例) 도서관이 제일 많다. 그래도 내가 자주 가는 도서관엔 조금만 늦게 가면 앉을 자리가 없다. 크게 증축을 했지만, 휴게실에서 커피라도 마시며 잠시 머리를 식히려 해도 앉을 자리가 없어 서서 마신다. 왜? 독서실과 학습실이 앉을 자리가 없어 휴게실에서 공부를 하거나 독서를 하기 때문이다. 그들을 보면 나도 모르게 미소가……. 그 많은 인원을 수발하느라 힘쓰는 도서관 관계자의 노고도 생각하면서 이용했으면 하는 바람도 있다.

반면에 이용자가 학습실에 자리가 없어 공부하는데, 음식 냄새가 나고 약간 소란한데도 공부를 하겠다는 그들에게 역시 싸늘한 눈총은 주어서는 안 될 것이다. 이용자 모두 다 같은 입장이니까! 이렇든저렇든, 아무튼 벽에 기대 서서 마시는 커피가 참 맛있다. 갈 때마다 서서 커피를 먹었으면 좋겠다. 책에 매달린 아름다운 모습에 대한민국 미래의 희망이 보이기 때문이다! 그래서 나는 피를 찍어내는 고통을 감내하며 오늘도 독자들에게 하나의 자그마한 지식을 전달하기 위해 열심히 자판기를 두드린다.

세계에서 제일 책을 안 읽는 대한민국 국민이여! 김해시를 한 번 방문하라.

"책은 꿈꾸는 것을 가르쳐 주는 진짜 선생입니다."라고 말한 '바슈나르'의 말을 곱씹으며 저마다의 꿈을 위해 독서 열풍인 현장을 보고 크나큰 감동을 받을 것이다.

2010년 떠돌이 바람에 의해 형형색색낙엽(形形色色落葉)이 '가야문화'거리를 빗질하고 있는 대한민국에서 책을 제일 많이 읽는 김해시!

김해도서관 허황옥 홀에서
麥醉 강평원

지독한 그리움이다

1판 1쇄 인쇄 2011년 02월 20일
1판 1쇄 발행 2011년 02월 28일

저   자 강평원
편집주간 장상태
편집기획 김범석
디 자 인 정은영

발 행 인 김영길
펴 낸 곳 도서출판 선영사
주   소 서울시 마포구 서교동 485-14 영진빌딩 1층
Tel 02-338-8231~2   Fax 02-338-8233
E-mail   sunyoungsa@hanmail.net
Web site   www.sunyoung.co.kr

등   록 1983년 6월 29일 (제02-01-51호)

ISBN 978-89-7558-847-1   03810

·잘못된 책은 바꾸어 드립니다.